フォーチュン　クッキー

目次

クリオネの夢

ブラインドから朝日が差し込む。二十畳のワンルームは、砂地の海底みたいにゆらゆらふたりの影を抱き込んでいる。

「俺たち、三百回やったら別れようぜ」

初めてセックスした夜、繋《つな》がったままの恰好で雅彦は囁いた。ドキッとした拍子に膣が引き攣《つ》って、搾《しぼ》りたての熱い粘液が割れ目をつたってこぼれたっけ……。

私はあの時、「別れる」という薄情な言葉と、「三百回やる」という途方もない擦れ合いの図に、クラクラしながら頷《うなず》いたんだ。

フローリングの床に投げ出すように敷かれた裸のマットレスには、今ではそこらじゅ《ゆ》うに数えきれないほどセックスの跡が染みついてる。雅彦はその上で大きく伸びをすると、柔らかく勃起したペニスを弾ませて立ち上がった。

ブラインドを引き、窓を開ける。冷たい空気が猫の舌みたいにザラリと肌を撫でる。

私は床に落ちていたタオルケットを手繰り寄せて凍えた体をくるみ、手招きされるまま四つん這いになって、雅彦のいるベランダの方ににじり寄る。

マンションの七階からは、向かいの低いビルが見下ろせた。土曜の朝だというのに、窓にはサラリーマンの姿が見える。

膝を抱えて覗《のぞ》き込む私を後ろから抱きすくめると、雅彦はうなじを舐《な》めるようにして囁いた。

「あの男におまえを貸してやろうか」

片手で首を押さえつけられる、前のめりになった私の腰からタオルケットを毟《むし》り上げると、剥き出しのお尻を撫でまわして雅彦は、ニヤニヤ笑いながら続ける。

「どんなスケベなことでもOKですって、看板をぶら下げて、あいつに見えるようにそこに立ってやれよ」

ミゾをなぞっていた指が膣口を開く。私は我慢できずに体をしなわせお尻を突き出し、指が滑り込むのを待ってしまう。だが指は、私の髪をつかむと、生首を持ち上げるように乱暴に私の頭を引っぱり上げた。

「フンッ、まったく淫乱な女だよ、おまえは。頭ん中はやることしか考えてないんだからな。男なら誰でもいいんだろ。入れられるならナスでも電球でもかまわないんだろ」

私は必死に首を振る。

とたんに指が二本、膣の中を弄《まさぐ》り始めた。意地悪なくせに泣きたくなるほど気持ちいい。どうしてこんな男に惚れちゃったんだろう。

どうせ何度セックスしたって普通の恋人のようには扱ってもらえない。こうして雅彦の部屋で一晩過ごしたとしても、私はただのセックスフレンド……いや、愛玩動物以下かもしれない。

気が向けば、優しく体を洗ってもくれる。でも私がそれにうっとりしていると、優しい行為を通り越して雅彦は、カミソリ片手に陰唇のヒダヒダまで陰毛を剃り始める。そのうえ思いついたように膣に色んなものを突っ込むし、突っ込んだまま、アナルセックスしようとするし、まるで女の性器で実験でもしているみたいに雅彦は私を扱う。

そんなひどいことをされているのに、私の体はどんどん馴染《なじ》んでしまって、気まぐれに月に二、三度呼び出されるのを、調教された犬みたいにじっと待ってしまうんだ。

「……ねェ」

早く入れてほしくて、私は外から丸見えなのも忘れて雅彦にしがみつく。その場に仰向けに寝転んで、雅彦は突き抜ける青空を見上げたまま、赤ん坊に乳首を含ませるように私の唇にペニスをあてがう。

柔らかだった亀頭が、口の中でみるみる硬く膨《ふく》らんでゆく。ボッテリと紫色に張りつめたその先から、甘酸っぱい液が舌に絡みつく。陰茎に浮き出る血管の筋をなぞりながら、私はイソギンチャクの触手のようにやわやわと唇を這わせてゆく。

†

もう二週間も雅彦から電話がない。こっちからかけても、コール音が繰り返されるだけで留守番電話にもなっていないし……。

「今までだって、こんなこと、何回かあったじゃない。明日になれば、『やらせろッ』って、いつもの調子でかかってくるわ」

一生懸命そう自分に言い聞かせてみるが、何の役にも立たない。抜け殻になった体は感覚を失い、時間は眠ったようにドロリと私を包み込む。周りで起きる全てのことが、夢の世界の出来事みたいにリアリティもなく流れてゆく。

気がつくといつの間にか、雅彦のマンションの前に立っていた。

呼ばれてもいないのにここへ来るなんて初めてだ。エレベーターの中で知らない誰かと一緒になるのが怖くて、七階までのろのろと薄暗い階段をのぼる。

部屋の前に立ち、インターホンに手を伸ばす。

「来ちゃったの……」

そう心の中で呟《つぶや》いてみる。雅彦の不機嫌な顔が目に浮かぶ。喉がカラカラに渇いて、体は塵《ちり》になって掻き消えてしまいそうなほど冷たく震えだす。

と、後ろの方でエレベーターのドアが開く音がした。慌てて踊り場に逃げ込む。足音がこっちに近づいて来る。暗い隅から息を潜めて見上げれば、ドアの前に立つ雅彦の後ろ姿が目に入った。

駆け寄ろうと一歩のぼりかけた時、思わず階段を踏み外しそうになる。雅彦の腰に絡みついた女の白い腕が見えたのだ。高いヒールのパンプスが、黒猫みたいに雅彦の足にまといついている。女の鼻にかかった甘ったるい声は、あっという間に雅彦をドアの向こうに連れ去った。

横っ面を殴られた気がした。疼《うず》く頬を押さえ、私はヨロヨロと階段を下りる。マンションを出て、夢遊病者みたいに向かいのビルに転がり込む。螺旋《らせん》状に続いている非常階段をのぼりながら雅彦の部屋の窓を探す。

ブラインドは開いているはずだった。明かりのもれている窓の位置を確認し、体を引きずり一段一段のぼってゆく。自分の足音が鼓膜を蹴散らす勢いで夜空に響き渡る。そのたびに私は、ギョッと辺りを見回した。

最上階まで来て、鉄格子につかまりじっと目を凝らせば、七階の角部屋のベランダに明かりがこぼれているのが見えた。

雅彦と女があの中にいる。雅彦は片手で女を抱き寄せ、髪を指で梳《す》くようにしてはらいのけ、期待に震える女の表情を観察するべくじっと覗き込むのだろう。きっと二人は貪《むさぼ》り合うように唇を重ねる。

雅彦は私を抱く時みたいに、あの女を乱暴に扱うのだろうか。それともガラス細工に触れるように、優しく舐めるように大切に扱うのだろうか。

もう何度もこうして夜を過ごしているのだとしたら、あの女は私の存在に気がついているかもしれない。だから雅彦は、私を呼び出さなくなったのか。それとも私が必要ないほど、あの女に入れ揚げているのか。

ここからじゃ何も見えない。イライラすればするほど、見えない不安と見たくもない邪悪な妄想が神経をガリガリ掻き毟《むし》る。

私はその場から逃げ出すことも、大声をあげて雅彦を呼ぶこともできなかった。ただ待つだけ。私の体を味わいたくなるまで、雅彦の気まぐれを祈るだけ。

私は冷たい柵を握りしめたまま、狼のように夜空を仰ぎ、声を殺して泣いた。

†

雅彦は私の髪を毟りつかむと、ゴミを払いのけるように股間から引き剝がした。唇から熱いペニスが抜けて、亀頭に捏《こ》ね回されていた脳ミソが、クラゲみたいにフニャフニャ床を這い始める。

フェラチオだけでイキかけた私を仰向けに引っ繰り返して、雅彦はマットレスに座り直す。両腕に太腿《ふともも》を抱え、ピンク色にめくれ上がった裂け目にザックリとペニスを突き立てる。

「簡単な女だよな、おまえは」

広がった股間に指が這う。クリトリスを揉《も》みしだかれて腰をゆすられ、私は喘ぎながらうんうんと頷いちゃう。

「この世の中の誰よりも、私は雅彦にとって簡単なオンナァ」

歌うように鼻をならして、子宮口に亀頭が届くまで自分で膝を抱え上げて、恥骨で根元をこすり続ければ、膣に潜り込んだペニスは、下腹部を盛り上げながら右に左に蛇みたいにうねうねと私の内臓を抉《えぐ》り始める。

脳天に繋がった快楽の糸が、亀頭の先に結びつけられているに違いない。抜き差しされるごとに、気が狂いそうなほど気持ちよくなってゆく。股間に男を挟み込んで、私は何度も何度も身をしなわせる。

宙に伸ばした手が雅彦の首に巻きつく。しゃぶりつく勢いで舌を絡ませ、膣と口とで恍惚を搾り取ろうと吸いつけば、お尻を撫で回していた指が柔らかく穴をつつく。滴り落ちる粘液をすくい取り、揉みしだかれるにつれて、穴は耐えきれずに弛《ゆる》みだす。スッポリ指を一本飲み込んだとたん、あまりの気持ちよさに私は、息をするのも忘れて死んだように脱力してしまう。

そんなことはおかまいなしに雅彦は、指先で直腸の薄い肉を押しながらペニスを激しく動かしている。

「フーッ、たまんねぇな。カリの形まではっきりわかるぜ。なァ、どうだ、前と後ろに突っ込まれている感じは？」

膣は熱く充血し、指の動きにビクンビクン震え始める。

陰茎に絡みついた肉ヒダごとペニスを半分抜くと、雅彦は私をじっと見下ろした。

「入れてほしいか……ならうつ伏せになれよ。潰れたカエルみたいに腹をつけるんだ。そうだ、膝を曲げて足は外側に落とせ。尻を振ってみろ。ああ、いい恰好だ。グチャグチャに濡れてるぜ。ところでどっちの穴に入れてほしいんだ？　こっちか、それともこの穴か？　ほら自分の指を入れてみろよ。ここに入れてくださいってさ、さァ、早くやれ」

爪先で割れ目をこすられ、私は言われたとおり股間に腕を差し込む。震える指で後ろのすぼまりをそっと押さえれば、

「どうした、指が入ってないぜ。入れてほしくないのか」

残忍な笑い声をたてて、雅彦は足の裏でペタペタお尻を叩く。

恥ずかしさと興奮で涙が頬を流れだす。力を抜いてゆっくり指先を肛門に差し込めば、お尻の肉を両手で押し広げて、雅彦が覗き込んでいるのを感じる。

雅彦は、亀頭を膣に挿入すると、湿った音が聞こえるほどたっぷり先端をぬめらせてから、ねじ込むように肛門にペニスを埋めた。

完全に弛緩した肉体は、恍惚を吸い取るスポンジみたいに毛穴を開ききってしまう。自分の喘ぎ声は遠ざかり、深い海のうねりに揺らぐ腔腸《こうちょう》動物のように、感覚は音のない世界を漂い始める。私という生き物は消滅し、同時にこの世に存在する全ての生物が泡のように現れては消える。

雅彦に女がいることも、私が恋人として扱ってもらえないことも、抱かれている間はどうでもよかった。ただこうしていられれば、それだけで幸せだった。

†

女の白い腕が私の乳房に巻きついている。逃げようともがけばもがくほど、腕はガッチリ食い込んでくる。もう私は息もできない。なんとかしなくちゃ、なんとか、なんとか……。苦しまぎれに首をねじり、女の赤い唇に舌を滑り込ませる。女は力を弛め、私の口に真っ赤に染まった言葉を流し込む。

「……ちにとく、……にかいすな」

何を言ったのか聞き取れない。私は女の唇にもう一度舌を差し込む。

「なァ、聞いてるか」

突然、頬を平手ではたかれた。

さっきまで亀頭が喉の奥から飛び出しそうなほど、ズンズン突き上げられていた私は、夢の中の女を振りほどいて、朦朧《もうろう》とした頭でゆっくり声のする方に目をやった。

「いいか、もうここへは来るな」

雅彦と目が合った。優しく笑っている。

「わかったな」

ボーッとしたまま首を横に振れば、

「結婚するんだよ。女と暮らすんだ」

雅彦は私の髪を撫でながら、穏やかな声でそう言う。何を言われたのか理解したくなくて、私はもう一度首を横に振る。

氷の中に閉じ込められた気がした。すぐそこに雅彦はいても、もう二度と触ることはできない。そんなのって絶対にイヤ!!

恐怖に膣がズキッと縮み上がった。悲しみが痛みになって全身を覆う。起き上がろうとする雅彦の首にすがりついて、私は乳房を押しつけもがいた。

その拍子に射精し終わったペニスが、身をくねらせてから抜け落ちた。ポッカリ開いた穴が冷たくて、私はたまらず雅彦の胸に顔を押し当てる。とたんに涙がヒリヒリ溢れだす。

「お願い、これで終わりだなんて言わないでよ。……セックスだって、きっとまだ三百回もしてないよ」

それだけ言うのがやっとだった。恍惚に痺《しび》れた下半身は、バカみたいに雅彦の感触を反芻《はんすう》している。

最後のご馳走をたらふく食べた後に、保健所に連れてゆかれると知った犬の悲しみは、ひょっとしたらこんなだろうか。いや、悲しいというより怖くて、どうしていいかわからなくなるんだ。だから飼い主に見捨てられる恐怖に、気が狂うほどキャインキャイン鳴くんだ、きっと。

捨てないで、何でもします。邪魔になるようなことはしませんから、お願いだから捨てないで。

ただひたすら心の中で懇願する。そんな哀れな私を押しやって、雅彦はゴロンと仰向けに横になる。こわごわ顔を盗み見れば、ふて腐れたように黙って天井を見上げている。

「しょうがねえな」

突然吐き捨てるようにそう言うと、ガバリと起き上がって雅彦は、涙でグシャグシャに濡れた私の顎をワシ摑《づか》みにした。目が合う。とたんに悪魔みたいにニカッと笑う。

「俺は別れるなんて言ってないぜ。結婚するんだ、それだけさ」

氷のかけらがユルユルと溶けだした。何だか嬉しくて嬉しくて、クルクル天地が回りだす。意地悪なんだか優しいんだか、不幸なんだか幸せなんだか……。今わかっているのは、この男が、最高に気持ちよくって辛くって、一番感じるってことだけだ。

ピンクパールの魔法

「佳奈子、電話よ。高木さんてお友達から」

母親がのんきな声で私を呼んでいる。高木なんて友達はいないのに。電話は女の声でかかってきているけど、その実態はホテトルの呼び出しなんだ。

夏休みのバイトが禁止だなんて、うちの高校ったら、今時の女子高生のことどう考えてんのか。そんなことだから、こういうバイトに走っちゃうのよ。

性教育の授業もろくにやらないし、二学期には何人が腹ボテになってることやら。私も気をつけなきゃ、腹ボテならまだどうにか始末できるけど、エイズになったら人生始末つけなきゃなんないもんね。

それだけリスクが高いのに、何でこんなバイトを始めたかって？

結城ミカから誘われた時は、そりゃ私だってブッ飛んだわ。でも一回やるだけで二万円もらえるんだよ。

「ナンパされてさ、ハンバーガー一個おごられてセックスするより、絶対お得よ」

ってていう彼女の言葉には説得力があった。

同い年の男のコなんか、セックス下手だし、お金はないし、甘いセリフひとつ囁けないし、これってやるだけ損だもんね。だけど、手マンコだけじゃストレス溜まっちゃって、もう狂い死んじゃうしさ。

つまりナンパされるしかないわけよ。それって、ホテトルとやること同じだもん。初対面の男と、行きずりの遊びでセックスするんだから。どうせ危ない思いするなら、お金もらえる方がいいに決まってるでしょ。

「試しに一回やってみればイイじゃん」

そう言う彼女の足首には、金のアンクレットが光っててさ、制服のプリーツスカートのやぼったさがウソみたいに、ピッチリしたミニスカートから伸びた脚はカッコよかった。親に内緒で洋服だとかジュエリーだとか欲しい物を買って、この二カ月でミカは見違えるほどイイ女になっちゃったんだ。

前は一緒にショッピングしてても、私の方が余裕で買い物してたのに、今じゃブランドものの靴やらバッグやら、彼女ったら値札も見ないで買ってるんだもん。そんなイイ思いしているのを見せつけられたら、ちょっと危ないと思っても、やっぱり断わることなんかできないじゃん。

迷ってる私の気持ちを見抜いたように、声をひそめてミカは言う。

「大丈夫、バレっこないって。先生連中がホテル街うろついてたら、そっちの方がよっぽど噂になっちゃうよ」

マルボロ・ライトに火をつけて、咥《くわ》えたばこでニヤッと笑う。

「それにあたしたち、十七歳だよ。未成年なんだから、何も心配いらないって」

そういうわけで始めたホテトルのバイトも、今日の呼び出しで十回目。もう十人を突破してる。まだ一週間しかやってないのに、このままゆくと夏休み終わる頃には軽く三十人は超えちゃうよね。

電話を子機に切り替えてもらって、私が出たとたん女の声は、聞き慣れた男の声に代わった。

「じゃ、池袋のいつもの場所で、三時ね。場所はMホテル。今日の客はご指名だとよ」

山崎っていうこの大学生は、私たちを運ぶのが役目だ。ホテルまで連れて行って、かっきり一時間したら迎えに来る。色白でいつもクチャクチャ音をたててガムを噛んでいる。髪はディップでテカテカに固められていて、額に垂れた髪の毛は一ミリも動かない。

「あいつって、トカゲそっくりだと思わん？」

このバイトで知り合った、チサトっていうコが言ったっけ。

「舌でアソコぺろぺろ舐《な》められた時、ゾッとしたしィ。そうよ、気ィつけた方がええよ。アイツとふたりきりになると、どこ連れて行かれるかわからんけ」

そんなこと言っても、私は知っているわ。あのコは山崎から、ラッシュだとか色々薬を買ってるのよ。バイトしたお金を全部つぎ込んで、はっきり言ってバカよね。まッ、田舎から出て来たばっかりで、何が自分に損か得かわかってないんだろうけどさ。

池袋の本屋に行って来ると家を出て、本屋の前を素通りし、デパートのトイレに駆け込む。ここで服を着替えて、ピンク色のシャドーとリップで可愛い感じに化粧して、いつもの場所に急いで行くの。

と、山崎の車が滑るようにして私の前にとまった。

「カナちゃん。もうずいぶん稼いだろう」

助手席に座った私をチラッと見ると、ニヤニヤ笑って山崎は話しだす。

「まったくさ、カナちゃん抱ける男が羨《うらや》ましいよ。すっごい人気だもんな。いい体してるって、スケベ心をそそるってさ評判だせ。きっとマンコもプックリ厚みがあって、きれいなピンク色してんだろな。ねッ、一回だけ、事務所に内緒でやらせてよ。そのかわりイイこと教えてやるからさ」

ヤッダーって笑って、こういう時は、思いっきりバカな女子高生になりきるの。後は黙ったまま。車の中には、山崎のガムをクチャクチャ嚙む音と、ジェフリー・ウィリアムの「裸の肖像」が流れているだけ。

ホテルの前で私を降ろすと、山崎は窓からペッとガムを吐き捨て、ニタッと笑いながらハンドルを握り、今来た方向に走り去って行った。

私はバッグをプラプラ揺らしてホテルに入る。指定された部屋のドアをノックすれば、出て来たのは、三日前に私を抱いたハゲ頭のオッサンだった。バスタオルを腰に巻いた恰好で、目をギラつかせて私の肩に手を回すと、ベッドの方へ引っぱってゆく。

「ルルちゃん、今日はまた一段とかわいいね。食べちゃいたいほどだ。フフフフッ」

そうなんだ、このバイトでは一応ルルってことになってるの。

オッサンの腕に抱き締められて、クンクン匂いを嗅がれながら、私はモジモジ膝を擦り合わせてみせる。芋虫みたいな太い指は、パンティーの上から割れ目をなぞってる。グッと腰を引き寄せられて、厚ぼったい唇が首筋を這うたびに、私のアソコはピクンと震えちゃう。

ワンピースのボタンが外される。キャミソールに透けて乳房がのぞいてる。体が華《きゃ》奢《しゃ》なわりには胸が大きくて、学校ではみんなにバカにされてるんだけど。でも、このバイトでは役立っているみたい。

「ああッ、いいよ。いい匂いだ」

なんて呻いて、オッサンは胸に顔を埋める。そのまま押し倒されそうになって、私は慌てて言う。

「待って、あの、お金を先にもらわないと」

「わかっとる、わかっとる」

オッサンはテーブルの上を顎でしゃくってみせた。と、そこには一万円札の束が置いてあったんだ。

そう、この前呼ばれた時も同じだった。あそこから、フェラチオを上手にすると一枚、お尻の穴を舐めるとまた一枚、手マンコ見せて一枚、約束のお金より余分に私に渡してくれたの。

「今日は、遊び道具をもってきたゾ」

そう言うとオッサンは、手提げカバンをベッドの上に広げた。そこにはショッキングピンクにエビ茶色、真っ黒のや透明のや、イボイボのついたのやらブルブル動くのまで、大人のオモチャがずらりと並んでいた。

「ダメ、こんなのできません。ＳＭとか、私、絶対しない約束だから」

脅えて言う私を無視してオッサンは、オモチャの上に一枚ずつ一万円札を並べてゆく。

「じゃ、どれからいく？」

そんなふうに聞かれると、つい見比べちゃう。一番恐くなさそうな、コードがついた小さな卵みたいなのを思わず指させば、よしよしってな感じで私の服を脱がせにかかる。

ビーンと虫の羽音そっくりの音を出して震えるその卵は、オッサンの指につまれて私の股間を這いまわった。全然痛くなくって、痺《しび》れるほど気持ちよくって、クリトリスなんかビンビンに硬くなっちゃって、気がついたらそれは私の中でお肉をビリビリ震わせていた。

「それじゃ次はこっちだな」

二個めの卵で、今度はお尻の穴の方を擽《くすぐ》り始める。最初はびっくりして飛び上がりそうになったけど、いつの間にかそれもスッポリ穴の中におさまっちゃった。

あとはもう何が私の中に入っているのか、全くわからなかった。グニュグニュ勝手に動いてるオモチャを体の奥に埋め込まれたまま、小さいチンポに唇を這わせてお尻を振ってた。そして濡れ濡れのマンコに後ろから突っ込んで、オッサンは独り言みたいに呟《つぶや》いたんだ。

「ああ、最高だ。この震えがたまらん」

ってね。つまり私は、膣の奥に卵のオモチャを入れっぱなしにして、そこにオッサンのチンポを突っ込まれていたのね。それだけじゃなくって、お尻の穴にはペンシル型のバイブを押し込まれていたってわけ。

もう体の芯までガクガクにマッサージされたみたいで、ホテルを出た時には歩くのもやっとだった。山崎の車に乗って、しつこい誘いを突っぱねて、池袋に辿りついた時には口をきくのも面倒になっていたの。

デパートのトイレで、家を出た時と同じ服に着替えて、化粧も落として、気がついたら私はジュエリー売り場に駆け込んでた。

バッグの中の五枚の一万円札を、早く使いたかったんだ。だからあの小さい卵型の大人のオモチャに似た色の、ピンクがかったパールのついた金のアンクレットを見つけた時は、泣けちゃうほど嬉しくて迷わず買ってた。素足にそれをはめたら、まるで魔法にかかったみたいに体が軽くなったっけ……。

妖しい微笑

　あと二十分で保育園のお迎えの時間になってしまう。ティッシュで慌てて股間を拭い、落ちていたパンティーに脚をとおす。ブラジャーをして、ワンピースを頭から被《かぶ》り、ボタンをとめてもらうために背中を向ける。と、潤也はスカートの中に手を突っ込んだ。

「ねえ、まだいいんだろう」

　絡みつく腕をふり解《ほど》き、もつれた髪を手櫛《てぐし》でまとめて、口紅だけは紅筆を使って丁寧にぬる。

　しつこく太腿《ふともも》を撫でてあげてた指先が、パンティーの隙間に滑り込む。濡れた陰唇がパックリ指を咥《くわ》え込む。腕が腰を引き寄せ、若い男は甘える猫のように額を押しつける。

「ダメだよ。このままじゃ我慢できない」

そう呟《つぶや》くや、もう一度ベッドの上に私を引きずり倒す。ワンピースは腰までめくり上がり、パンティーは呆気なく毟《むし》り取られる。青臭いにおいを放って、男の体が重くのしかかってくる。私はうつ伏せに布団に押さえつけられ、バタバタもがく。

「やめて、もう来ないわよ！　約束でしょ。時間は守るって」

言い終わらぬうちに、硬く勃起したペニスがお尻の肉を掻き分け恥骨を割って差し込まれる。私は潰れたカエルみたいに脚をくの字に広げて、子宮口を小突かれる感触にうっとり目を瞑《つぶ》る。

首の後ろを顎でゴリゴリ押さえつけられ、両手で腰をつかまれて、身動きできない恰好で後ろからガンガン突き上げられてる。まるで強姦されてるみたい。なのに最高に気持ちいい。男は私を無視して、呻き声をあげながら膣を抉《えぐ》っている。凌辱以外の何ものでもない。肉欲だけのセックスがこんなに気持ちいいなんて、私ったら一体どうなっちゃったんだろう。

膣の中にペニスを突き刺したまま、潤也は仰向けに寝転がる。私は引き寄せられてクニャリと起き上がり、潤也の膝をつかんで挿入部分を見られているのを意識しながら、クチュクチュ湿った音がするほどお尻を弾ませる。

腰を握っていた潤也の手が、クリトリスを捜して捏《こ》ね回す。良すぎて体がグラついちゃう。亀頭が抜けないように腰を捻《ひね》って、ゆっくり潤也の方に向きなおる。そのまま騎乗位で彼に抱きつき、下からドスドス突き上げてもらう。

「土、日に会えないって、どんなに僕が辛い思いをしているか、わかってるの？」

グッタリしなだれる私を抱きしめて、潤也は言う。私は彼の唇に指を這わせて小さく頷《うなず》く。それ以上言わないで……。別れ間際は、いつも同じ会話が繰り返される。

「彼女ぐらいつくればいいのよ。私は潤也の恋人にはなれないんだから」

「結婚しているから？　そんなの関係ないよ。恋愛するのは自由だ」

「バカなこと言わないで。もうやめよう、こういう話は」

たっぷり射精してペニスは柔らかく萎《な》えている。押し出さないように膣に吸い込み、しばらくギュッと男を抱きしめる。

そうよ、遊びなんだもの、本気になんかならないわ。十歳も若いコにのぼせて、家庭を壊して一緒になっても、すぐに捨てられるに決まってる。わかってる、わかってるわよ。だからこんなふうに、いつまでも抱き合ってちゃいけないんだ。

そう自分に言い聞かせて、やっとのこと体を引き離す。潤也は大の字に横になり、服を直す私をじっと見つめている。腰がガクガク震えるのを隠して、私は買い物袋をつかんで立ち上がる。

「それじゃ、また気が向いたら電話するわ」

振り返らずにサンダルをつっかけ、バタバタとアパートを出る。自転車のカゴに買い物袋を突っ込み、保育園までの道を必死でペダルを踏む。この道を通るのは、今日で六回目だ。三回までは、ほんの気まぐれのつもりだった。でも今は……。

「はーい、新太ちゃん、お母さん、やっと来てくれたよ。遅かったねえ、どうしたんでしょうね。ちょっと泣いちゃったね。でも、新太クンの目が赤いのは、やっぱり結膜炎だと思いますよ。お母さん、病院には今日中にちゃんと連れて行ってもらわないと……」

若い保母にハイハイハイと頷いて、汚れ物の袋をナップザックに詰め込み、いつもどおり新太を乗せて自転車に跨《またが》る。

サドルの前に子どもを座らせる椅子をつけているから、膝をガニ股に開いてこがなきゃならない。ヨイショッと力んだ拍子に、パンティーがベッタリ濡れるほど、膣に残っていた粘液がこぼれ落ちた。思わず溜め息をついてしまう。こんなみっともない恰好で自転車に乗るようになっちゃ、どんな美女も台無しだわ。ましてや今の私は、既婚で子持ちの三十女。

眼科の待合室は、思っていたとおり混んでいた。硬いソファに座り、ボーッと天井を見上げる。ついこの間まで、週刊誌の不倫告白記事を貪《むさぼ》るように読んでいたのが嘘みたいに、今はもう暇さえあれば潤也とのセックスを思い返して過ごしている。

自由な時間もお金もない、子どもの世話と家事に明け暮れて、舅や姑に気をつかい、二世代同居を何とかやっていけるのも、思う存分外で快楽を貪り尽くしているからだ。夫以外の男に抱かれる罪悪感など微塵もない。悪いことだなんてこれっぽっちも思えない。それよりも、もしも今、潤也との時間を毟り取られたら！　密閉された日々に私は窒息死してしまうだろう。

目薬をもらって眼科を出る。自転車に乗ろうとしたら、右のハンドルにコンドームが被せられていた。フンッ、どこのどいつだか知らないけど、世の中、満たされてないヤツらでいっぱいだ。でも、私は違う。ゴムを毟り取りワンピースの端っこでハンドルを拭って、バカな世間を踏み潰す勢いでペダルをこぐ。

朝から晩まで一日中、夫がゴロゴロしている土曜日。それをどうにかやり過ごせたとしても、日曜日はもう耐えられない。

「あたし、出かけていいかしら。駅前のスーパーでバーゲンやってるのよ」

「ああ、俺も一緒に行こうか」

冗談じゃない。たまには子どもの面倒をみてちょうだいよ。

「いいわよ、来なくても。ゆっくりしてて。新太も、そろそろ昼寝する頃だし。お母さんには、手紙を出しにちょっとそこまでって言ってゆくから。あとはヨロシクね」

トイレに入るついでにパンティーを穿《は》き替えて、テレビを見てる夫に背を向けてバッチリ化粧をし、いつもどおりストッキングなんか穿かずにサンダルをつっかける。

潤也の部屋に行くことなんか考えもしなかった。ほんとにバーゲンに行くつもりで出たのに、サドルに跨ったとたん、駅へ行く道を逸れてどんどん勝手に自転車は走りだす。

突然行くなんて驚くかしら。それとも喜んでむしゃぶりついてくるかな。潤也の笑う顔が思い浮かんで、私もニヤニヤしてしまう。まだ昼を過ぎたばかりだし、夕方帰るとして、いつもよりゆっくり会うことができる。

アパートの塀に寄せて自転車を置き、サンダルを鳴らして階段を駆け上がる。Tシャツの下で乳房がプルンプルン揺れている。だが何度ノックしても返事はなかった。私の思いを裏切って、潤也は部屋にいなかったのだ。

こんな時間に出かけるなんて、日曜は昼過ぎまで寝てると言ってたのに。頭にきてドアを蹴り、「もう二度と来てやんないからッ」と心の中で叫んで、仕方なく最初の予定どおりスーパーに向かう。

駅前の駐輪場に自転車を置いて、とりあえずその辺をブラブラ歩く。バーゲンに行くと言って出て来たけど、欲しいものが買えるほど財布にお金はなかった。日用雑貨の店を覗《のぞ》き、ブティックの店先に吊されたシャツをヒラヒラめくって、本屋をぐるりと一周し、アクセサリーやバッグが並んだ店を見て回る。

潤也と初めて会ったのは、三軒先のファストフードの店でだった。ある日、保育園のお迎えの前に、ぼんやりアイスコーヒーを飲んでいた私は、のっそり入って来た彼に何となく声をかけたのだ。

「学生さん？　そう、ひとり暮らしなの。外食ばかりしてるんでしょ。彼女は？　ふーん、今時の人ってみんなそうなの？　あんまりセックスとか興味ないみたいだものね。若いのに、何だかもったいないわね」

からかい半分にそんなことを言って、私は無意識に彼の薄く筋肉のついた腕を握っていた。そして指に吸いつくような滑らかな感触に陶然とし、思わず手を引っぱって、スカートの上から自分の太腿を触らせたのだ。

痴女だろうと変態だろうと、見知らぬ男に何と思われようがよかった。うるさい姑のいる家に帰る、その不幸以上に私を不幸に陥れる現実など何もない。男の手に自分の手を重ねて、私は世間話を続けながら、彼の指が私の一番敏感な部分に触れるように導いた。

「カラオケとか好き？　誰のファン？　あら、それって犬の種類じゃないの。いやァね、知らないわ、そんなバンド」

指は私の手を離れて、敏感な部分をつつきだす。私は笑うふりをして身をすくめた。痺《しび》れるほど体は感じていた。そして囁いたのだ。

「出ましょう。あたしのあとについて来て」

彼の前に立って私は小走りに駅ビルに向かった。ブライダルサロンのある人気のない階の、トイレに駆け込んで鍵をかける。スカートは自分でめくり上げた。パンティーを引き下ろし、片足を便器にかけて、弄《まさぐ》られるまま陰唇を広げる。彼のペニスを引っぱり出して、後ろからちょうどいい角度で入るように腰を屈めてお尻を突き出した。一言も口をきかずに、狭いトイレでただ黙々とセックスだけをした。

それで気が済む……はずだった。あの時、電話番号のメモなど受け取らなければ。

どこかで少し時間を潰してから、もう一度潤也の部屋に寄ってみよう。気を取りなおして、安売りセールの札がはられたランジェリーショップに入ってみる。前から欲しかったレースのパンティーが半額になっていた。

それを一枚買って店を出ようとした、その時だった。人込みにまじって、こっちに潤也が歩いて来るのが見えた。思わず顔がほころんでしまう。驚かせてやろうと、通りすぎるのをそっと見送る。

と、隣を歩いていた女が、いきなり潤也の肩をポンポン叩いたのだ。

「……やっだァ、なに言ってんのよォ」

顔は見えなかった。女のキンキンした声だけが耳に残った。私はフラフラと後を追ってしまう。恋人はいないと言ってたのに、嘘をついてたのか。頭から冷水を浴びせられた気分だった。

二人はどこへ行くのだろう。そう思ったとたん、女を組み敷く潤也の姿が目に浮かんだ。まさか、これからアパートに帰るんじゃ!!

私はパッと身を翻し、駐輪場に駆け込んだ。人目も気にせずスカートを靡《なび》かせて必死にペダルをこぐ。あの部屋で、潤也が私以外の女を抱くなんて、想像しただけで気が狂いそうだった。許せない、そんなこと。あんな気持ちいいセックス、どの女ともできると思っちゃ大間違いなんだから!!

そう思うのと同時に、もう半年以上、夫とセックスらしいセックスをしていないということに気がついた。信じられなかった。どうしてそんなこと、今まで平気でいられたんだろう。腋《わき》の下にじんわり汗が滲む。わかりきったことだ。夫とは、あんな激しく求め合うセックスなどできないから……ということは、潤也を失えば、セックスできなくなるということか!

凍りつくように全身が強張《こわば》った。何もかも忘れて快楽の塊になって存在する、その瞬間がなくて、この先どうやって生きてゆけって言うんだ!

アパートの前に自転車を投げ出し、階段を駆け上がる。まだ二人は帰っていなかった。私は呼吸を整えゆっくりと一階に下りる。

自転車を塀に寄せて、ドッと滲む汗をハンカチで拭いながら考えた。二人がバスにでも乗らないかぎり、私より先にアパートに帰れるはずはなかったんだ。慌ててここに来るよりも、なぜあの時に二人の間に割って入らなかったんだろう。そう思うと、髪を掻き毟らずにいられないほど、バカな自分に腹が立った。

いや、しかしあそこで声をかけても、適当に挨拶されるだけで誤魔化されていたかもしれない。それよりここで待っている方が、どういう結果になるにせよ、確実に二人の邪魔はできる。そう思いなおして、よしよしよしと自分を勇気づける。

それにしても、女のあの馴れ馴れしさは何なんだ！　自分の所有物とでもいうつもりか、あんな大きな声を張り上げて、下品丸出しだ！　いやいや、潤也も潤也だ。どうせデートするなら、もっとましな女がいるだろうに。

ああでもない、こうでもないと、どれぐらいの間、独り言を呟いていたんだろう。ふと顔を上げたら、潤也が立っていた。目が合うと、何の屈託もなく笑う。

「いつ来たの？」

キョロキョロ見回したが、女の姿はない。

「ええっと、ついさっき。ちょっとこっちの方に来たから、ついでに寄ってみたのよ。

それより、早く部屋に連れて行ってよ」

ムッとして答えれば、嬉しそうに私の手をとる。「女はどこにいるんだァ！」と首根っこをつかんでやりたかったが、肌に触れたとたん、怒りはシュルシュルと消えてしまう。縺《もつ》れるようにして部屋に入り、キスをしながらお互いの体を服の上から弄り合う。

「こんな早い時間から会えるなんて、すっごく嬉しいよ」

そう言ってTシャツをめくり上げるや、ブラジャーを毟り取って潤也は乳房にむしゃぶりつく。乳首を吸われて子宮がジンジン痺れだす。ペニスを飲み込みたくて、膣がパクパクしてるのがわかる。床の上に崩れ落ち、抱き合ったまま服を脱ぎ散らす。

開け放った窓には青空が広がっている。風がカーテンをめくり上げ、ピリピリに興奮した肌を気持ちよく撫でる。膣口を舐《な》められクリトリスを啜《すす》られ、私は喘ぎ声をもらしながらペニスをしごき、亀頭に舌をからめる。

閉じた瞼を太陽の光が焦がして、男に組み敷かれた私の体は、快楽の塊になって揺らめき始める。コンドームもせずにピッタリ膣に密着したペニスは、私を内側からグニャグニャに溶かし、現実の全てを霧散させる。時間も空間もゴムみたいに歪《ゆが》んで、肉体だけが幸せの海を漂っているという感じだ。

気がつくと、外は薄暗く日が沈みかけていた。私はギャッと飛び上がりそうになる。潤也は私を抱いたままスヤスヤ眠っていた。その腕からすり抜けて、服を着、鏡の前で髪を直し、そっと部屋を出る。

夕ご飯も作らずに、子どもの面倒もみずに、一体どこへ行ってたんだ！　こんな時間に家に戻れば、きっとそう責められるに違いない。

どうしよう。何て言おう。だが、自転車に跨りペダルをこぎながら、色々と言いわけを考える自分にフッと笑いがこみ上げてしまう。いいじゃないの、聞かれたらそのまま答えれば。今の私は爆発物だ。爆発物を抱えているってことを、みんなもっとちゃんと自覚すりゃあいいのよ。

そう思うのと同時に、絶対に隠し通せることを私は知っていた。明日からまた、いつもと同じ毎日が始まるってことも。だからこそ、今の私には潤也が、セックスが……いやトロけるような恋が必要なんだ。

ランチタイム・ラブ

「ちょっと、菊池さん。これコピーとっておいてって言ったでしょッ。全く、何やってんのよ、ボーッとしちゃってさ」

突然バサッと目の前に、書類の山が積み上げられる。私は茫然として顔を伏せる。

……そんなこと頼まれてないもん。

でも、言い返したい言葉は飲み込んで、黙ってそれに手を伸ばす。と、伸ばした指が目にとまる。ヒラヒラさせれば、銀色のマニキュアを塗った爪が、キラキラ光ってとってもきれい。思わずうっとりと見入っちゃう。

「ほら、早くやっちゃわないと、またお目玉くらうわよ」

「ねえねえ、菊池さんてさ、超トロイと思わない？」

「そうよねえ。それに何か暗いしさァ」

「派遣のくせして、ちょっとパソコンができるからって、気取ってんのよ、あの女」

私に聞こえるように、みんなニヤニヤしながら意地悪を言う。

「あんた、男いないんでしょ。できるわけないわよね、そんな地味で、無口じゃーね」

フフンと人を小馬鹿にした顔で覗《のぞ》き込まれて、私は真っ直ぐ彼女たちの目を見つめ返す。

そうよ、確かに私には男がいないわ。でもね、それは必要ないから。だって、私はレズビアンなんだも～ん。

フニャッと笑い返せば、眉をしかめて意地悪OLの群れはバタバタ散ってゆく。こんな狭い会社で犇《ひし》めきあって、セコイ上司のご機嫌とって、新卒の男のコを取り合って、安いお金で命を切り売りして、そりゃ欲求不満でストレスも溜まるよね。結婚しなきゃ生きてけないと思ってる、可哀相な彼女たちを、憎んだりしちゃいけない。だってだって、私はスッゴク幸せなんだもん♥

さっきミオナから電話があった。あと二十分もしたら、彼女は向かいの喫茶店に現れるはず。そしたら今朝までペロペロ舐《な》め合っていた感触を思い出して、一緒にランチするんだ。

レズでマゾで処女の私にとって、あんなに美しい亀甲縛りをしてくれる、言葉嬲《なぶ》りに淫水ジュルジュルに感じさせてくれる、愛《いと》しい女《ひと》は他にはいない。金色に染めた長い髪のミオナは私の大切な女王様！　と思っていたら、

「当たり前だろ、あたしはプロなんだよ」

だって。いつもM男の奴隷を相手に、ロウソク垂らして、縛って鞭打って浣腸して、アナル責めして、心からSMクラブのお仕事を楽しんでいらっしゃるの。

「お雪、おまえ何でOLなんかしてんのさ。こんなにレズマゾなら、もっと稼ぎのいい仕事はいくらでもあるぞ」

　初めてベッドで抱かれた夜、ミオナは愛情たっぷりの眼差しで、私にそう囁いた。両手にミオナのスベスベの肌を抱きしめて、私はイヤイヤと首を振る。だって、マゾは抵抗できないもの。私は男は嫌いなの。あんな醜い肉の棒で体の奥まで小突き回されるなんて、想像しただけで蕁麻疹《じんましん》がでちゃう。

　ミオナは、私の髪を梳《す》きながら言う。

「バカ、おまえを男なんかにやらせやしないよ。あたしと組んでSMショーをやらないか。お雪のきれいな体で、舞台におまんこの花を咲かせたいんだ。なァ、どう

……」

指が体を滑りおり、私のクリトリスを転がす……あの感触の記憶が蘇《よみがえ》って、私はコピーをとりながら思わず腰から崩れそうになっちゃう。

「どうしたの、菊池さん」

気づいたら、男の腕が腰に回っていた。いつも何かというと体に触ってくる男だ。名前なんか忘れた。チッチッチッ、向こうへ行け。私はよろけたふりをして、パンプスの踵《かかと》で思いっきり足を踏んでやる。大声で喚《わめ》く男を尻目に、コピーの束を抱えてデスクに戻る。

冊子にまとめるのはランチの後でいいや。そう独り言を呟《つぶや》いて席を立とうとしたら、

「あら、昼休みのうちにやっておいてよ」

ガリガリに痩せたお局《つぼね》が、キッとこっちを睨みつける。いつもなら素直に黙って言うことをきいてあげるところだけど、今日はそうはいかない。ミオナを待たせないように、私はお局の言葉を無視して、制服の上着とバッグをつかんで階段を駆け下りる。

喫茶店にいる私を見るなり、ミオナは目を輝かした。ランチセットを半分も食べ終えていないのに、ミオナはテーブルの陰から私の膝を撫で回す。ピンク色の制服のス

カートがまくれあがって、人目にハラハラする私の気持ちとは裏腹に、みるみるおまんこは潤んでゆく。

「お雪、出よう」

ミオナに促されるまま、手をつかまれて会社に戻る。人影のまばらな廊下をササッと横切り、ドキドキ胸を弾ませて会社のあるフロアの、男子トイレに入る。

「なんで、なんで男子トイレなの……」

たったひとつの個室のドアに鍵をかけるや、狼狽《うろた》える私の上着を脱がせ、ベストのボタンを外し、ブラウスの上からミオナは乳房を揉《も》みしだく。チクビがコリコリに硬くなって、指で抓《つね》られると痛みに声がもれそうになる。

ミオナの唇が耳たぶを吸う。

「お雪、スカートをめくりあげて、自分でおまんこを開いて見せな。ドアの向こうに客がいると思って……」

そう囁かれて思わずハ～ッと息がこぼれる。言われたとおりスカートをたくしあげる。パンティーは、既にグショグショに濡れている。

私は力が抜けそうになって、思わずミオナにしがみつく。体を後ろに返されて、壁に手をつくように支えられて、ミオナにお尻を向けたら、パンティーをツルンと剝かれた。黄金の指先が、ステップを踏むように割れ目をなぞり始める。

と、その時、バタンとドアの開く音がして、誰かが入って来た。私は心臓が止まりそうになって、キュンッと膣をすぼめちゃう。そんなことにはお構いなしに、ミオナの指は陰唇に滑り込み、クリトリスの裏側を擽《くすぐ》り始める。

男の、放尿の音と臭いが狭いトイレに溢れる。私は思わず「ああッ……」と小さく声をもらしてしまう。膣が充血して内側からブワブワに膨《ふく》れだす。陰唇がパックリ開き、ミオナの指はクリトリスとGスポットを同時に弄《まさぐ》り始める。毛穴がフワッと開いて、私はたまらず呻き声をあげる。だがミオナは容赦なく、今度は濡れた指でアヌスを揉みしだく。

「ダメ……イッちゃう……ああッ、ああッ」

トイレの水に喘ぐ声が消えてくれるように祈りながら、私はレバーを回してもっと腰を突き上げる。ミオナの指が揉みほぐれた穴にゆっくりと滑り込む。乳房をつかんでいた手が、今度は前からクリトリスを襲う。

「声をあげるな。まだ男がいる。がまんしろ、イクなよ。いいか、イクな」

ミオナが耳元で囁く。私は涙をボロボロこぼしながら頷《うなず》く。ああ、でも感じちゃう。クリトリスが痛いほど勃起してる。直腸を弄る指が私をトロかす。脳天が痺《しび》れて、瞼の裏にピンクのマーブルが浮かび上がる。クリトリスとアヌスとGスポットと、三点を同時に責められて、私は恍惚の塊になってしまう。

バタンとドアの閉まる音がして、そのとたんおまんこからピューッと淫水が迸《ほとばし》った。気がつくと、私は後ろ向きに、抱きつくように便器に腰かけていた。太腿《ふともも》が自分の吹いた潮でグッショリ濡れている。ミオナは、涙で濡れた私の顔を見ると、ニヤッと笑う。

「お雪の制服姿って、すごくいやらしいな」

私はウンと頷き、涙を啜《すす》り上げる。ガーターベルトからストッキングを外す。と、ミオナは私の脱ぎ捨てたパンティーと一緒に、トイレの隅にそれを投げ捨てた。

「これぐらい残しておいてやらないとな。ここの連中も、安月給で働かされるだけで楽しみがないだろ」

私は下半身スッポンポンで、一応スカートとブラウスとベストと上着と制服だけはきちんと着て、ミオナの手を取り慌てて男子トイレを出る。

腰がガクガクする。ミオナに抱かれた後はいつもこうだ。それでも階段を降りて、地下駐車場の脇にあるトイレで化粧を直す。替えのパンティーはもってない。バッグからストッキングを出し、フーッと息をついてそれに脚をとおす。その様子を、たばこを美味《おい》しそうに吸いながらミオナは見ている。

「明日の夜、ショーに出てもらうよ。鞭やロウソクはやらずに、縛りとアナル責めで、今日のあの感じでいく。いいな」

私はフラフラする頭でミオナを見上げる。唇に噛みつくようにキスされて、嬉しくて満面に笑みがこぼれちゃう。

カンカンに晴れた表通りまで女王様をお見送りし、それから会社に帰って、私は地味で無口なOLに戻る。

「全く、何やってるのよ。まだできてないの。グズなんだからッ」

お局のキンキンする声も、恍惚にトロケた私の鼓膜には届かない。

「ねえねえ、聞いた？　男子トイレにパンティーとストッキングが脱ぎ捨ててあったんだって。誰のかしらァ、昼休みまでなかったっていうから、絶対ここのOLが誰かと……」

後ろでヒソヒソ喋る声がする。

「やだァ、ひょっとしたらその女、今、ノーパンなんじゃないのォ」

「キャーッ、いやらしい！」

「ちょっと捜してみましょうよ。パンティーラインのない女をさァ」

ミオナの言ってたとおり、あのぐらいのことで、さっきまで死んだ魚みたいな目をしてた連中が生き生きしだした。

「まァ、菊池さんじゃないことは確かね」

ひとりがこっちを振り向いて言う。フフッ、私は思わず笑ってしまう。その拍子に、膣から一滴、愛のしずくがこぼれ落ちた。

最後のアルバイト

襖《ふすま》を開けると、まるで修学旅行の消灯の時のように、部屋にはギッチリ枕を並べて布団が十組敷かれていた。男たちは中央の布団だけ空けて、たばこをふかしたり酒を飲んだり浴衣姿でゴロリと寝そべったりしている。私たちを見ると、オーッと歓声をあげて待ってましたとばかりにみんな起き上がった。

「さあ、こっち、こっち」

ママに促されるまま男たちの間に座る。

「お待たせッ。佳世ちゃんたら長湯なんだから。見せびらかすみたいにね、ゆっくり洗ってんの。ホント、憎らしいほどイイ体してんのよ」

そりゃダルママみたいに真ん丸なママの体に比べたら、私の体型はまだましだけど。でも、こんなギラついた男たちの前でそんなふうに言われちゃうと、嬉しいというより恥ずかしくて、何だか体が火照ってきちゃう。

「前置きはいいからさ、早く始めようぜ」

常連客のひとりがママの肩をつかんだ。

「あ〜ら、始めるって、みんなもうできあがっちゃってるじゃないの。ねェ」

ビールの入ったグラスをグッと飲み干すと、ニタッと笑ってママは私をじっと見る。

「ゲームをしようって言ってたでしょ、ボクたち、それで来たんですよ」

教材の訪問販売をやっている若い男が、いつもの青白い顔をピンク色に染めて、缶ビール片手に横から口を出す。

「そうね、何をしようかしら。ここじゃカラオケはまずいしね。こんな時間だしさ」

焦《じ》れたようすで、真ん中の空いている布団をパンパンと叩くと、不動産屋のオヤジが喚《わめ》いた。

「何をスッとぼけたことを言ってんだ。俺が一番だぞ。いいだろうママ。さあ、いくらだ」

茶色のバッグを引き寄せるや、パッと開いて札びらをムキ出す。

「いやねェ、今日は商売抜きって言ってるでしょ。開店十周年の感謝をこめての温泉旅行なんだから。みんな、楽しんでちょうだいよ」

駆けつけ三杯って勢いで、ママは注がれるビールをガガッと呷《あお》る。男たちは話が違うとブツブツ文句を言いながら、私を舐《な》め回すように見る。異様に殺気立ったムードに圧倒されて、私は不動産屋のオヤジの向こうに座っていた立川に目をやった。私の視線につかまって、立川は真面目な顔をいっそう強張《こわば》らせる。

三十半ばの立川正は、家電メーカーに勤める独身サラリーマンで、私の一番のお気に入りの常連客だった。しつこくなくて、話が面白くて、金離れがよくて、オシャレで、髪の毛と背がもう少しあれば、この年まで独身でいることもなかっただろう。

何度か一緒に食事をして、買い物にも付き合ってもらって、洋服やらハンドバッグやら、色々とプレゼントしてもらった。店のバイトをやめると打ち明けた時も、ちょっと残念そうな顔をして、それでも一緒になって喜んでくれたのだ。そして三日前の夜、立川に同伴してもらって店に出た私は、誘われるまま彼と初めてホテルに入った。もちろんセックスするはずだったんだけど……。

立川は私の体を舐め回し、ヤル気満々の私を組み敷いておいて、何とペニスが萎《な》えてしまったんだ。驚いている私より、よっぽど立川自身が慌てていた。

「今日は諦めましょう。また今度ね」

そう言って服を着る私を、気の抜けた顔で見上げて、

「俺って、ホントにツキがないなァ」

と、立川は独り言みたいに呟《つぶや》いた。そしてバッグから小さな箱を取り出し、きまり悪そうに私に手渡したのだ。中には、小っちゃなルビーをちりばめた、野イチゴみたいなデザインの指輪が入っていた。

ルビーは、七月生まれの私の誕生石だった。ひょっとして、これってプロポーズの意味の婚約指輪じゃ？　と思いつつ、その夜は立川を残して、逃げるようにしてホテルを出ちゃった。

温泉に向かうバスの中からずっと、大広間での宴会がおひらきになるまで、立川は何か話したそうに、犬みたいな目でじっと私を見つめていた。今夜二人きりになれれば、あの夜の続きをしてもよかったけど。どうもこのようすじゃ、そうもいかないみたい。

「しょうがないわね、じゃあ、佳世ちゃん」

ボーッとしていた私は、ママにドンと背中を小突かれ、横にいた車のディーラーをやっている男の腕の中に倒れ込んじゃう。

「そこの布団に入ってちょうだい」

首筋に鼻息をかける男をやんわり押しやって、私は言われるとおりいそいそと、中央の空いていた布団に体をもぐり込ませる。

一泊二日のこの旅行で、私のバイトは終了する。芸者をあげてカラオケやら何やら、今日は仕事を忘れてはしゃいじゃった。おまけにゆっくり温泉にも浸《つか》ったし、後は片付けの心配もなくぐっすり眠るだけだ。肩まで布団を被《かぶ》って、トロンとした目で見上げれば、男たちは大声をあげてジャンケンを始めている。

「ちょっと待って、あんたたちが決めるんじゃないの」

ママは車座を組んでいる男たちの間に、倒れ込むようにドスンと割って入ると、

「佳世ちゃん、あんた、誰と寝たい？」

振り返るなりそう叫んだ。キョトンとしている私に、

「ゲームよ、ゲーム。イヤになったら、おしまいって言えばいいの。本当にやってるかどうかなんて、見えやしないんだから。さあ、好きな人を選ぶのよ」

そう言うと、酔っぱらった巨体を揺らしてカカカッと笑う。

びっくりして見回せば、男たちは俺だ俺だと顔を突き出す。私はもう一度チラリと

立川を見た。インポ男は今にも泣きだしそうな目をして、慌てて視線を外す。助けを求める気分が一瞬にして弾けて、何だか猛然と腹が立ってきちゃう。気がつくと、私は目の前にいた若い男を指さしていた。

「それじゃあ、ハルちゃん」

さっきから両手を擦り合わせて、吹き出しちゃうほど懸命に私を拝んでいたのだ。立川みたいな詰めが甘い中年男なんかよりこういうエッチ剝き出しの男のコの方が、数段可愛いってモンよ。そう自分に言い聞かせて布団をめくり上げれば、ハルちゃんは顔面をニダニダに弛《ゆる》ませて、仰向けに寝る私の上に覆い被さる。

「こんな明るくちゃ面白くないわよ。床の間のライトを持ってきて、ここに置いてみて」

ママの指示に従って、薄明かりの中で男に抱きすくめられる。首筋に舌が這う。覗《のぞ》き込んでる男たちが、ヒューヒューと口を鳴らす。布団の中では、浴衣の胸元を開いて、手が太腿《ふともも》を撫で回している。私はうっとりと目をつぶり、唇を舌で舐めて、甘い溜め息をついてみる。男の手はいそいそとパンティーの脇から滑り込んで、軽く割れ目をなぞり始めている。

「入れてんのかよ。ウソだろ、佳世ちゃん」

　私の乱れる演技が効き過ぎたのか、男たちは生睡を飲み込んで黙りこくる。本当は、布団の中で私の手と男の手が、押さえ込まれたり振り払われたり戦っているというのに。結局トロトロになるまで膣の中を愛撫されて、若いその男には、布団から撤退していただくことにした。

「それじゃ次は、俺。ねッ、いいだろ」

「バカ、若い男じゃダメだってよ。佳世ちゃん、オジサンがじっくりイカせてやっから」

　男たちは本気でつかみ合って、我先にと布団にもぐり込もうとする。仕切ってくれるはずのママは、鼾《いびき》をかいて眠っていた。私はそそくさと浴衣の乱れを直し立ち上がる。

「ちょっと待ってて、すぐ戻るから」

　ついて来ようとする男の胸を、パシッと軽くはたいて廊下に出れば、冷たい空気が汗ばんだ体に気持ちよく刺さる。パタパタと自分の部屋に戻ってドアに鍵をかけ、しばらく茫然と座り込んじゃう。

あのままいたら輪姦になってたかもしれない。そんなのって冗談じゃなかった。だけどそうは思っても、中途半端な刺激でクリトリスが痛くなるほど充血しちゃってる。思わず浴衣の胸元に手を差し込む。自分をあやすように乳房を揉《も》みしだく。その時だった、ドアをノックする音がしたのだ。誰かが私を呼んでいた。

「佳世ちゃん、そこにいるかい?」

立川の声だった。私はそっとドアを開ける。部屋に入るなり私を抱きしめ、後ろ手にドアの鍵をかけると立川は、口もきかずに布団に雪崩《なだ》れ込んだ。浴衣を毟《むし》り取ってパンティーを引きおろし、私の両膝を抱くようにして熱く潤んだ股間に顔面を埋める。痺《しび》れて硬く勃起していたクリトリスが、やわやわと舌先で捏《こ》ね回されて、風船が弾けるように恍惚にトロけてゆく。私は立川の首に脚を絡めて、腰をくねらせて喘いじゃう。

「ねェ、早く入れて。私の中に突っ込んで。ああッ、気が狂いそうよ」

立川は指で割れめを広げて、したたる粘液を啜《すす》りながら、焦らすように言う。

「佳世のここ、おいしいよ。甘くって、ほら、こんなに蜜があふれてる」

泡立つそれを指先ですくい取って、私の口元になすりつける。ヌルヌルに濡れた顎を貪《むさぼ》る勢いで唇を重ねて、立川はゆっくりと亀頭を膣口にあてがった。陰唇を引っぱり込む感じで、子宮の奥までねじ込んでゆく。私は恥骨をこすりつけて男の体にしがみつく。そのまま天井を突き破って、夜の空に飛んで行ってしまいそうなほど何度も何度もイッてしまう。

「ゆうべは楽しかったかい？」

腫れた瞼を瞬いて、ママは私に耳うちする。

「ええ、もうすっごく大変でした」

バイト代の入った封筒をバッグにしまって、薬指のルビーの指輪に、私はそっとキスをする。

髪結いの太った亭主

やっと引っ越しの荷物が片付いて、今夜は私の手料理で智彦を迎えてあげられる。

今度の部屋は、勤め先まで一時間かかるし駅からも遠い。前のアパートに比べたらずっと不便なんだけど。それでも越してきてホッとしちゃう。だって前のところは、大家の面倒見がよすぎて、とても智彦を呼べる部屋じゃなかったんだもの。

前のアパートの大家は、奥さんが美容院をやっていて、つまり髪結いの亭主なわけ。しかも婿養子に入った家がアパート経営もやっているもんで、大家は何をしているのか、毎日のように真っ赤なポルシェを乗り回していた。それでも一応アパートの管理を任されているらしく、私が帰って来る頃は必ず家にいる。で、待ち構えていたように、ケーキだとか紅茶だとか持って来てくれたんだ。

「もらい物でなんだけど、よかったらどう？」

照れ笑いを浮かべてそう言うんだけど、差し出された物を見たらびっくりしちゃう。

近所の洋菓子店なんかで買ったもんじゃなくって、例えば目黒のドレメ通りにあるサン・スーシのチョコレートとか、四万二千円もするジャン・パトゥ〝1000〟の香水とか、派遣OLをやっている私には、とても手が出せないような高級品ばかりなんだもん。

もちろん智彦に変な誤解をされる心配もあったけど。でもせっかく持って来てくれる物を突き返すわけにもいかなかった。それに、別に悪いことをしているわけじゃないしね。週末は智彦の部屋に泊まって、二人の関係はとっても上手《うま》くいってたわけだから。

今思うと確かに、ちょっと惜しいことしたかなァって気もする。でもね、私の部屋に智彦を呼んで、手料理で喜ばせてあげたかったんだもの。あんな高級品の差し入れが、当たり前になるのも何だか恐いし。まッ、これでよかったのよ。

そんなことをあれこれ思い返して、料理の準備をしている時だった。突然、チャイムが鳴ったんだ。

「智彦？」

それにしては早すぎる……と、思いながらドアを開ければ、そこには前のアパートの大家が立っているじゃないか！

びっくりしている私に、いつもの照れ笑いを浮かべて、

「ちょうど通りかかったもんだから。郵便もついでに持ってきたんだけどね」

と大きな体をもそもそ揺する。

「はあ……どうも」

ダイレクトメールのバーゲンのお知らせの葉書を受け取ってドアを閉めようとしたら、

「ふ～ん、いい部屋だね。女のコのひとり住まいにはぴったりの広さだ。僕のアパートには風呂がなかったけど、ここにはあるんだね。ほー、台所はシステムキッチンか。ずいぶん立派じゃないの。家賃は高いんだろうね。こんな部屋、一人で借りるのは大変なんじゃないの？」

ヌーッと顔を玄関に突っ込んで、今にも入り込もうとする。

今まで気づかなかったのが不思議だけど、どうしたらこの巨体がポルシェの中に納まるのかと思うほど、大家は大男だった。狭い玄関を塞ぐようにして、ヨッコラショッと後ろ手にドアを閉めると、恐怖に後退《あとずさ》りする私のことなど目に入らない様子で辺

りを見回す。

「あの、すみませんが、これから友達が来るんです」

「そう」

と、答えはしたけど出て行く気配がない。

「やりたいことがあるんで、帰っていただきたいんですけど……」

やっとの思いでそこまで言うと、大家は私を見下ろして言った。

「僕も聞いてもらいたいことがあるんだ。ちょっと上がらせてもらうよ」

そのままずんずん上がり込んで、ベッドが丸見えのワンルームに腰をおろしてしまう。

あまりの事の成り行きに、体がブルブル震え始める。だが智彦が来る前に帰ってもらわないとまずい。とにかく話だけ聞いて、追い返そう。そう自分に言い聞かせて、恐る恐る大家の前に座る。

「吉川さんが引っ越すって聞いて、ホントはショックだったんですよ。僕ね、吉川さんに会うのを日課にしていたから」

そう言うと、手にぶら下げていたビニール袋から缶ビールを取り出した。ガガッと呷《あお》ってフーッと溜め息をつく。

「いつも雑誌で、女のコが好きそうな物を売っている店をチェックしてたんだ。渋谷とか目黒、青山、いろいろ見て回って、吉川さんが喜んでくれそうな物を選ぶのが楽しみでね。毎日、ちょっとずつプレゼントすれば、負担に思われないだろうって、手にのるサイズでいい品を買うようにしていた」

　そこまで話すと、小さな目で私をじっと見つめ、大家はごくりと喉を鳴らした。

「週末になると家に帰っていたでしょ。僕が日曜の夜、どんな気持ちで吉川さんの帰りを待っていたかわかる？　ひとり暮らしが嫌になって、もう戻ってこないんじゃないかって心配していたんだ。僕が連れ戻しに行くわけにはいかないからね、うん、でもそんなふうに気を回す必要はなかった。夜になれば必ず、吉川さんの階段を上がる靴の音が聞こえたからね。よかったァって溜め息をついて眠るんだ。また明日になれば、吉川さんに会えるってね」

　確かに、大家には実家に戻ると嘘をついて、週末、智彦の部屋に泊まっていた。でもそれが、こんな思い入れをされる原因になっていたなんて……。

「吉川さん、僕ね、好きなんだよ。とっても君のことが好きで、夜も眠れない」

「わッ」と思った時は、既に遅かった。大家は前のめりに私に抱きつくと、ナメクジみたいに湿った唇で、口と言わず鼻と言わずしゃぶり始めたんだ。

「やめてェ、やめてくださいッ、こんなことって、こんなことってェ～」

巨体に押し潰されそうになって必死にもがけば、大家の手が座布団みたいに私の顔を覆う。

「シーッ、変に思われるでしょ。吉川さんだって、僕のこと、まんざらでもないと思っているはずだよ」

ベチャベチャ耳元で囁かれて、私は慌てて首を振る。

「だって、僕のプレゼント全部受け取ってくれたじゃないか。喜んでいたろう。あの部屋じゃ、もちろんこんな時間はもてないよね。だから引っ越してくれたんじゃないのかい？」

何という誤解だろう。私は絶望のあまり、口を塞がれたままジロッと大男を見上げる。男は嬉しそうに言葉を続けた。

「今夜は二人の記念日だ。もちろんプレゼントも用意した。吉川さんの指のサイズは、確か9だったね」

そう言って体をのしかけたまま、片手でズボンのポケットを探ると、スエードででできたケースを取り出す。

「ほら、ダイヤモンドだよ。一カラットが三石並んでいる。きれいだろう。この部屋ぐらい買える値段だけどね。奮発したんだ。どうだい、気に入ってくれたかい？」

プラチナの台に、見たこともない大粒のダイヤモンドが三つ、眩《まばゆ》いほどの光を放っている。私は溜め息を漏らさずにはいられなかった。

「これを受け取ってもらえないなんて、そんなことはないよね？」

目の前で燦然《さんぜん》と輝く石に、私は力なく頷《うなず》いてしまう。そっとテーブルの上に指輪の入ったケースを置くと、大家はズボンのチャックに手をかけた。

買ったばかりの絨毯《じゅうたん》の上で裸にされる。乳房をしつこいほど捏《こ》ね回され、股間に顔を埋められて、音がするほど舐《な》め回される。舌が陰核を転がすたびに、私は腰が跳ね上がるほど感じてしまう。太い指がクリトリスを剥いて肉ヒダを押し開く。トロトロに柔らかくなった膣に、ギュッと根元まで中指を押し込んだまま、男は指の腹で腸をグイグイ押し始める。

「ああん、もうダメ、いれて、いれて」

我慢できずにしがみつけば、からかうように硬いペニスで太腿《ふともも》をさすりだす。私はそれを握って、思わず愕然とした。男がつかんでいた物はペニスではなかった。グロテスクに茶色く光る大人のオモチャだったんだ。

男の目尻がニヤ〜と弛《ゆる》むのと、恥骨が裂けるようなギチギチした感触が私を貫くのが同時だった。思わず腰を浮かせて私は身を捩《よじ》る。その肩をガッシリつかんで、男はオモチャのスイッチを入れる。クリトリスに電気ショックが走ったように、私の下半身は一瞬にして硬直した。子宮口のあたりに円を描くように、張りぼての亀頭が動いている。拒絶する力がみるみる抜けてゆくのがわかる。

「どうだ、感じるかい?」

男に囁かれて、私は薄れる意識にしがみつくように頷いた。されるがまま体を引っ繰り返される。腰を引っぱり上げられ、お尻を突き出せば、スポンと音をたてて大人のオモチャが抜けた。痺《しび》れた膣がスースーする。

と、今度は後ろの穴をいじられる。そんなこと初めてなのに、指を押し込まれても全然痛くない。男は自分の突き出た腹の下に私を抱え込んだ。そのまま亀頭を肛門に差し込み、ゆっくりお尻を持ち上げるようにして根元まで挿入してゆく。

「あんッ、あんッ、いい気持ちィ……」

瞼の裏で何かがチカチカ放電している。ダイヤモンドみたいに七色に輝きながら、自分の声が螺旋《らせん》を描いて昇ってゆくのを感じる。

もう何も見えないし聞こえない。もちろん智彦がチャイムを鳴らしながら、ドアをバンバン蹴り飛ばしているなんて、私は全く気がつかない。

時にはひとりでいたくなる

さっきから女が泣いている。悲しんでいるというより、怒りが萎《な》えて泣くしか手がないといった感じだ。

私はうんざりして窓の外に目をやる。と、

「ちょっとォ、こっち、向きなさいよ～」

涙を啜《すす》り上げて、女は金切り声をあげた。

「あの人は、金のかかる男なんだからね。わかってんの、あんたみたいなガキが相手にできる男じゃないのよ。そうよ、ガキはガキ同士で遊んでりゃいいのよ」

そう言うと女は、枯れ枝みたいな指を震わせ、バッグの中をガサゴソ掻き回しだした。シガレットケースを取り出し、一本抜いて薄い唇に咥《くわ》える。その端っこが恨みで引き攣《つ》り、涙で汚れた女の頬にはますます深い皺《しわ》がよる。

「あたしがガキなら、あんたはババアさ」

そう心の中で呟《つぶや》いて、私は引っ掻き回された部屋を見回した。

付き合っている男が同棲していようが結婚していようが、私の知ったことじゃない。ふたりでいる間は、世間の連中は抹殺されたも同然なのだ。だのに彼らは放っておいてくれない。今だって、ドアを開けるなり川村の同棲相手が、つまりこの女が土足で踏み込んで来たんだ。

部屋中をメチャクチャに引っ掻き回して、茫然としている私に罵詈《ばり》雑言《ぞうごん》を浴びせて、女はようやくヘナヘナとソファにしゃがみ込んだ。

「どこよ、あの人をどこにやったのよッ」

ここでは男と寝ない。だから川村の物など、陰毛一本落ちていないはずだ。女がタバコを吸いながら泣いたり喚《わめ》いたりしてる間に、私は壊れた家具の修理代をはじきだし、それを紙に書きつける。

「ここには来ませんよ。今どこにいるのかは知りません。連絡があったらあなたが来たことを伝えましょう。それとも黙っていてほしいですか」

差し出された紙切れを見ると、女は鬼のような顔でカッと私を睨み返した。そしてバッグから財布を取り出し、ありったけの金を床にばらまいた。

「これじゃ足りませんよ」

金を掻き集め、床に這いつくばったままチラッと女に目をやれば、怒りにどす黒く顔を歪《ゆが》ませて今度は私を蹴り飛ばそうとする。

「死ねッ、おまえなんか死ねばいいぃッ」

サッと腰を引いた拍子に、ハイヒールの先が宙を掻き混ぜた。

「いずれ死にますよ。まァ、ババアのあんたが、あたしより先に死ぬだろうけどね」

そう言って、薄笑いを浮かべて私は転がり逃げる。女の口は痙攣《けいれん》を起こしたようにワナワナ震え、その隙間から呪いの言葉が縺《もつ》れて溢れる。啜り泣きながらグジャグジャ文句を言い続けていた女は、部屋から何も出てこないとわかるとやっとのこと腰を上げた。

引き毟《むし》られたベッドの上にドサッと身を投げる。とたんにケケケッと笑いが込み上げた。

そうさ、こんなことあの女が初めてじゃない。中学の頃なんか、上級生に呼び出されて体育倉庫の裏でボコボコにされたこともある。

「今度手を出したら承知しねェぞ!!」

あの時、真っ黄色に髪を染めたブタそっくりの女は、鎖をチャラチャラ鳴らして息巻いたっけ。だけどね、手を出すも何もあったもんじゃなかったのよ。だってブタ女の思いをよせていたアーパー男に、私はレイプされたんだから。その後も男には追い回されるし、ブタ女には見張られっぱなしだったし、二重にしんどい思いをしたんだ。

あの体験で大切なことを私はひとつ学んだ。男を相手にするのはどうってことない。焦《じ》らして期待させて、ギリギリのところで不実に突き放せばいい。つまり本気にさせなければいいのだ。しかし、男にくっついている金魚のフンみたいな女には注意しなければならない。愛という名の剣をかざして、恥も外聞もなく体当たりで攻撃してくるからだ。

そう言えばつい三カ月前にも、今日と似たようなことがあったっけ。親友の美代子に呼び出され、銀座のフルーツパーラーで待ち合わせた私は、混み合った店でとんでもない目に遭った。彼女はパフェのグラスをほじくりながら、ワーワー大声で泣きだしたんだ。

「あの人をとらないで、彼は私の生き甲斐なの」と。

そりゃ美代子の恋人と寝たのがバレちゃったのはまずかった。だけど、〝生き甲斐〟だなんてさ、一体どこからそんな言葉が出てくるんだろう。男に執着する気持ちが、私にはまるでわからない。

わからないが……ひょっとしたら、私は男たちより、出血大サービスの愛に血みどろになってる女たちをからかうのが面白くて、こんなことを繰り返してるのかもしれない。

そんなことをボーッと考えていたら、頭を小突くように電話が鳴った。

「俺だ、今からそっちに行く」

思い詰めたような川村の声だった。部屋を見回しながら私は答える。

「いいけど、驚かないでね」

しかし部屋に入ったとたん、川村はサッと顔色を変えた。

「来たのか。そうか、あいつがやったんだな」

今にも飛び出して行きそうな剣幕で、顔を真っ赤にして怒っている。その腕にしがみつき、私は腰をくねらせて川村を見上げる。

「ねえ、こっちに来て、あたしを抱いて」

割れた花瓶をよけ、引っ繰り返されたベンジャミンの鉢を押しやり、散乱した本やビデオテープをどけて腰を下ろす。川村は私を引き寄せ、唇を重ねたままゆっくりと絨毯《じゅうたん》の上に押し倒した。

嫉妬と憎悪でメチャメチャにされた部屋は、殺人現場みたいでセックスするにはたまらなく刺激的だ。あの女に見せてやれないのが残念だけど、それを思うだけでもうグチャグチャに濡れてくる。

パンティーを引き下ろす川村の指も、何だか強姦魔みたいに荒っぽい。好きとか愛してるなんて吹き飛ばす勢いで、パックリ開いた私の膣に、赤黒くパンパンに膨《ふく》れたペニスがめり込んでくる。

結合してる部分がガッチリ食い込み過ぎて、体がほら、宙に浮いちゃいそう……。いつもはタプタプしてる彼のお腹の筋肉だって、メリメリ音をたてて波打ってる。私は恍惚に身悶えながら、そこにギュッと爪を立てた。そのまま死んだように硬直しちゃう。

「なァ、一緒に暮らそう」

眠りかけた私を抱いて、ベッドに腰を下ろすと川村は囁いた。

「これからすぐに荷物をここに運ぶ。あいつとはもう終わっているんだ。何をしようが、これではっきりするさ」

冗談じゃない。私は慌てて首を横に振った。

「ここはダメよ。あの人、きっとまた来るわ。そんなのイヤよ、怖いもの。それよりあたし、引っ越したいの」

川村は頷《うなず》いた。

「そうだな、まずは壊れたものをどうにかしなくちゃいかんな。明日、一緒に買い物に行こう。テレビも大型の、おまえの欲しがっていたヤツを買ってやる」

優しく髪を撫でられて、私は思わず溜め息をついちゃう。川村のペニスも声も、ちょっと薄くなりかけた頭も、嫌いじゃないけどもう終わり……。

この部屋で男に抱かれるのは、これが最初で最後だ。こんなふうになるとは思っていなかったけど、今のところ全てはうまくいっている。二週間後には、もう私はここにいない。これで引っ越し先さえ突き止められなければ、川村との関係もきれいさっぱり片付く。

翌日、大型テレビだけじゃなく、ダブルベッドやら洗濯機やら色々と川村に買わせて、私は配達先を記入する用紙に、こっそり新しい住所を書き込んだ。

その夜の川村は饒舌だった。高層ビルのレストランで、夜景をバックにフランス料理をパクついて喋りまくる。

「ふたりで暮らすんだから、広いリビングがほしいな。それと振り分けの部屋がそれぞれあったほうがいい。ベッドは一緒でも、時にはひとりでいたくなるもんさ。来週すぐに、部屋を一緒に探しに行こう」

一緒に暮らす女を替えるたびに、川村はいつも同じことを喋るのだろうか。何だかおかしくてニヤニヤ笑いが込み上げてくる。スプーンでカシスのシャーベットをすくって、甘酸っぱい味にうっとりしながら、「ひとりでいたくなるもんさ」の一言に、私は素直に頷いて見せた。

濡れたプールサイド

ビニールシートに寝そべって、ゴムの木の分厚い葉に指を這わせながらプールの方を見る。

ゆっくりと滑らかなフォームで片倉が泳いでいる。ピンク色のゴムキャップがクイックターンで音をたてて水中に消えるたびに、プールサイドで準備体操している中年女たちがうっとりと彼に視線を注ぐ。

さっきまで騎乗位で腰をくねらす私の下で片倉は女のような声をあげていた。

あんないい体をした男が、女物のストッキングを穿《は》き、四つん這いになって尻を突き上げ、切ない声をあげて肛門を弄《まさぐ》られるなんて、いったい誰が信じるだろう。

すべすべのゴムの葉に爪を立てて、私は笑いを嚙み殺す。

片倉は妻子持ちで、私とは一回りも年が離れている。つまり不倫の関係だが、彼のあの趣味を知っているのは私だけだ。それを思うと、ますます可笑《おか》しくてたまらない。

ゴーグルをつけてプールに飛び込む。

私に気がついたのか片倉は、壁に背中をくっつけて磔刑《たっけい》のポーズで待っていた。海パンの上からペニスを握りしめ、ザバリと顔を上げる。恍惚の表情をつくり、彼は死の痙攣《けいれん》の真似をする。その肩にやんわりと歯を立てれば、

「愛しているよ。由紀子、やりたい。おまえの中に入れたい」

片倉は水中で私の腰を引き寄せ、水着の上から股間を弄りだした。

薄い布の端をそっと持ち上げ、陰毛を掻き分けるようにして膣口を撫で回す。クリトリスを捏《こ》ね回されて、私は慌てて片倉を押しやった。そのまま仰向けに水の中に体を滑らせ、コースロープをくぐってプールサイドに這い上がる。

「なに考えてるのよ、人に見られたらどうするつもり！」

着替えを終えて、スポーツ・センターのソファで冷たいビールを呷《あお》りながら、私は片倉を睨みつける。

水の中の指の感触が、あまりに気持ちよくて、もうちょっとでしがみつくところだった。今もまだクリトリスが、痛いほど勃起している。

「ごめんよ、怒らないで。もうしない、約束するよ」

片倉は縋《すが》るような目で私を見る。

正面のソファに腰掛けていたサラリーマン風の男が、新聞をひろげたまま鼾《いびき》をかき始めた。

私は片倉の手をつかみ、膝に掛けたジャンパーの下に突っ込む。

一瞬驚いた顔をし、それから目尻を弛《ゆる》ませ、わかったというように唇を舐《な》めると、片倉は私のGパンのチャックを下ろしにかかった。

「来週は北海道に出張なんだけど、一緒に来るかい」

長い指がパンティーを跨《また》ぎ、尖《とが》ったクリトリスを転がし始める。

「行くかもしれないし、行かないかもしれない」

言葉が途切れそうになるのを、溜め息をついてごまかす。爪先が知らぬうちにそり返り、今にも攣《つ》りそうになる。

「四日も会わないなんて、我慢できないよ」

片倉はそう言いながら、私の体がピクつくのを面白そうに眺めている。下半身は完全に痺《しび》れて、イッた証拠に何度もヒクヒク陰核が蠢《うごめ》く。唇の端から喘ぎ声がこぼれそうになって、私は思わずジャンパーの上から片倉の手を握った。

ふたりの前方を、カルチャーセンター通いのオバタリアンが三人、ケラケラ笑いながら通り過ぎた。ひとりがチラッとこっちに目をやる。私を見ると一瞬、笑いが強張《こわば》った。

「こんなところ奥さんに見られたらどうするの?」

言葉が泡のように鼻先まで弾ける。片倉は肩を寄せて、指を膣の中にめり込ませて言う。

「見られたいんだろう、ここがこんなに濡れてるのを、見せてやりたいんじゃないのか」

あまりの気持ちよさに今にも失禁しそうになって、私は片倉に縋りついた。

「ダメだよ、周りに気づかれる」

なおも膣の中を掻きまぜて、まるでさっき尻の穴を嬲《なぶ》られた仕返しのように、片倉は薄笑いを浮かべて言う。

股間からタラタラ流れるのが、愛液なのか尿なのかわからないほど濡れて、私は縺《もつ》れる舌で懇願した。

「指じゃイヤよ、アレを突っ込んで」

やっとパンティーの中から片倉の手が這い出す。私は肩で息をしながら、自分でGパンのチャックを上げた。

「僕の勝ちだ」

ニヤッと片目を瞑《つぶ》って、不倫男は満足そうにのびをする。私は何だか悔しくて、唇を噛みながら肘でその脇腹をつつく。

「もう立ち上がれないわ」

腰を抱えられて、ふらつく足でさっきの女たちの前を通り過ぎる。こっちを見て、ヒソヒソと言葉を交わしている。

「健全な娯楽施設で、いったいどういうつもりかしら！」

と、女たちの目が言っている。

「それじゃさっきまで、サウナルームでローストチキンみたいに体から欲情の湯気を立てて、水泳のコーチの海パンのことをあれこれ喋っていたのは、あれはいったい何だったのさ」

と、私は侮蔑の笑いを浮かべて女たちを振り返り、

「あんたたちの亭主の尻は大丈夫?」

とばかりに、しがみついた恰好のまま片倉の引き締まった尻を撫で回す。

そんなやりとりには全く気づかず、

「メシより、あっちが先だろう」

と不倫男は弾んだ足取りで出口に向かう。健全娯楽施設を出て、私たちはいつものようにその裏手のモーテルに入った。

匂いの誘惑

ラッシュの電車なんか乗るもんじゃない。せっかくセットした髪は揉《も》みくちゃだし、洗いたてのフンワリいい匂いのシャツは、オヤジのヤニ臭い脂汗が染みつきそうだ。イライラする。「そばに寄るんじゃないッ」心の中で叫んで、背広姿のオッサンを掻き分け、私は奥にミニスカートの脚を一歩踏み出す。

と、同時に後ろからドンと押された。体はギュウギュウ詰めの隙間に吸い込まれる。よろけて倒れかかって、思わず前の人に抱きついちゃう。薔薇の香りがフワッと私を包んだ。

柔らかな乳房が私の体に押しつけられる。前に立っていたＯＬと体がピッタリはりつくように重なって、私の脚の間に彼女のストッキングに包まれた太腿《ふともも》が差し込まれる。

ショルダーバッグをつかんでいた私の手が、重なる体の間に挟まって動かせない。

甲が相手の恥骨の上に当たってる。スーツ姿のＯＬは、モゾモゾ体の位置をかえようとする。彼女の太腿が私の太腿をさする。乳房がますます腕に擦りつけられる。

ハ〜ッ……ここにレズビアンがいるなんて、誰が思うだろう。こんな不用意に太腿を擦りつけられて乳房を押し当てられて、私の体はもう潤み始めてる。ＯＬの顔は見えないが、彼女のつかっている香りは今の私には目まいがするほど毒だ。それは一カ月前に私を手ひどくふったレイの匂いだから……。

†

レイとふたりでいる時はいつも、白い肌に鼻を押しつけ、私は犬のように彼女の匂いを嗅いだ。薔薇の香りの中に、刺のある彼女の匂いを探り当てて唇を這わす。腋《わき》の下の窪みを舐《な》め、滑らかな背中に頬ずりし、首筋に舌先を押し当て、肩にそっと歯を立てる。

指は彼女の太腿のつけ根を弄《まさぐ》り、盛り上がったお尻の肉を撫で回し、肛門と陰唇を優しく揉みほぐす。

唇を重ねてお互いの舌を味わい、喘ぎ声がもれるほど感じさせた方が先に、膣の中に指を差し込む。私の指が滑り込むと、レイはグニャリと体を仰向け、切なく股間を震わせた。トロトロに濡れた陰唇を舌で舐め上げ押し広げ、お尻を揉みしだきながらゆっくりと舌先で膣の内側をなぞる。

その瞬間、レイは私を狂わす匂いを放つんだ。脳天に針を貫き通されるような、言葉も何もかも失わせるあの匂い！

それを思い出して、私は目の前のＯＬの腰に空いている腕を回してしまう。同じ香水などつけているから悪いのだ。レイのいない日々をどうにか誤魔化してやっていたのに、こんなに飢えた私に体を押しつけたりするから……。

回した腕で腰を引き寄せ、指先で彼女のお尻をやわやわ握る。髪のかかるうなじに顔を擦りつけ、息が詰まるほど薔薇の香りを吸い込む。バッグをつかんでいた手は、今やスカートの上から彼女の太腿のつけ根を撫でさすっている。

抱きついて寄りかかっていたＯＬの体が、硬く強張《こわば》ってゆくのがわかる。「恐がらないで」金のピアスが揺れる彼女の耳にそっと囁きたかった。「こうしていたいだけ。ほんの少しの間、あなたの体を貸してほしいだけなのよ」汗ばんだ首筋のむせ返るような香水の匂いに、私はたまらず溜め息をもらす。

†

レイは快感を満喫すると、いつもコロリと態度がかわる。私が当然キスできるものと腕を絡ませても、サッと体を返して笑いながら私を振り払う。

「ダメよ。言ったでしょ、あたしは感じやすいの。感じ過ぎて辛くなっちゃうのよ。ほら、見て。もうこんなに腫れちゃって」

そんなこと言って、脚を広げて剝き出しの陰唇をもっとよく見えるように、指で広げて私に見せつける。

パックリ開いたそこはピンク色にぬめり、確かに小陰唇は厚ぼったく膨《ふく》れてせり上がっている。彼女が息を吸うたびに窪んだミゾがひくひく蠢《うごめ》く。

私はたまらず彼女の太腿に腕を伸ばし、ミゾに唇を押し当て、グッショリ濡れてしたたるジュースを啜《すす》る。レイはクククッと笑って体を転がし逃げようともがく。その腰をつかまえて、舌でクリトリスをしゃぶりながら指を膣の奥深くに差し込む。

笑い声は呻き声にかわり、恍惚に引き攣《つ》るその顔を見下ろして、私は挿入する指を一本増やす。

二本の指を微妙に動かし、彼女の一番感じる部分を押してさすって、もう一方の手で再び肛門のあたりを揉みほぐす。イヤイヤと首を振って悶えるレイの顔に跨《またが》ると、彼女は私の太腿にしがみついて小犬みたいにペロペロ舌で股間を舐める。

レイの柔らかくほぐれた肛門に指をそっと差し込み、膣に入れた指をもう一本増やしてリズミカルに動かす。私の下半身にしがみつくレイの指に力が入る。「いっちゃう、いっちゃう、いっちゃうよォ」泣き声で訴えながら、彼女はガクガク腰を震わせる。

私は匂いのせいで、ますますサディスティックに四本目の指を膣に差し込み、身動きできないようにレイの小さな乳房に自分の尖《とが》ったクリトリスを押しつける。果ててクニャクニャに弛緩した彼女が可愛くて、私は白い柔らかな体を抱きしめ囁く。

「レイ、愛してる。誰にも触らせない」

レイは小さく口を開いて呟《つぶや》く。私は聞き取れずに、もっと強く彼女を抱きしめ同じ言葉を囁きかける。レイの唇が動く。

「……トシ、……」

えッ？　ピリピリと全身の神経が尖る。

「アキトシ、ああん、アキトシィ……」

誰だ、その男は!!　レイの体を揺り起こし、眠りかけた顔をピシャッと叩く。

「だってあたし、男、好きなんだもん。チンコ入れられるの、気持ちいいんだもん」

バッ、バカ言うんじゃない！　レイの肩をつかんで揺さぶる。だがもう彼女は、ぬいぐるみのウサギみたいにクニャクニャ白い体を揺らすだけで、目を閉じたまま何も答えない。広げた太腿の間に覗《のぞ》く陰唇が、あっかんべーをするようにめくれてる。

私は仕方なく冷たく凍える体を震わせながら立ち上がり、レイが眠っている間に彼女のアドレスから「アキトシ」と名のつく二人の男の電話番号を書きうつす。それから二人のアキトシに、毎夜いやがらせの無言電話をかけ続けたのだ。

もし、どちらかの男がレイの相手なら、突然かかり始めた無言電話をレイからだと思い込むだろう。そして男の部屋に無言電話がかかってくることをレイが知ったら、男に嫉妬に狂う女がいると思い込むに違いない。それで簡単に解決する……はずだった。

まさかまさか、私に内緒で荷物をまとめて、男と一緒にどこかへ行ってしまうなんて!! せっかく紹介した仕事まですっぽかして、おまけに私の貯金通帳までもっていくとは!!

アキトシとかいう男とレイがセックスをやりまくってるかと思うと……男に抱かれ白くうねる彼女の肉体が目に浮かび、気が狂いそうになる。もし私の前にそいつが現れたら、迷わず刺し殺す。チンコなど毟《むし》り取って干乾《ひぼ》しにして、近所の犬の餌にしてやる。ああッ、レイ、怒らないから戻っておいで。

もちろん通帳の紛失届は出そうと思った。だが今は、それだけが私とレイを繋《つな》ぎ止める最後の糸。現金を引き出そうとすれば彼女は私の名前で呼ばれることになる。空になった通帳にいくらかずつ預け入れておけば、引き出すたびに私を思い出してくれるだろう。そのうちいつか帰って来るかもしれない。

†

涙がハラハラこぼれ落ちる。体から力が抜け、スーツ姿のＯＬは私の腕をすり抜ける。電車がゴトンと揺れて止まった。ドアが開く。揉みくちゃにされてホームに降りる。

電車から降りる一瞬、後ろから腰をつかまれ、もう一方の手で股間を握らされた。

ボッカーンと怒りに脳天が炸裂し、私はその節くれ立った汚い手をがっちり捕まえる。

即座に振り返り、煤《すす》けたオヤジの横っ面めがけてゲンコを一発みまってやる。

「痴漢なんかしてんじゃねえよッ!!」

ああ、今日もレズビアンの一日が始まった。

幸せを呼ぶペンダント

「おい、どっちにハンドルきってるんだッ。ダメだ、ポールに当たってるじゃないか」

私は慌ててギアをバックに入れ、後ろに気をつけながらアクセルを踏む。

「こら、何やってる、バカ！　縁石に乗り上げたぞ。ああ、ああ、またエンストかよォ〜。何回やりゃ気が済むんだ」

ハンドルを握っていた手がブルブル震えちゃう。だが、ヘアムースで頭をテカテカに塗り固めた男は、容赦なく言葉を続ける。

「泣かれるたびに合格の判子押してたらな、殺人を勧めるのと同じなんだよ。世間が迷惑するんだ、世間がな。泣きゃイイってもんじゃないだろ。あーあ、全く女ってのは、これだからイヤになる」

――そんな言い方しなくたって、いいじゃないのよォ〜!!

悔しくって腹が立って、必死で耐えたつもりなのに涙が溢れてとまらない。教習所に通ってこんな嫌な思いをするなんて、それも一番苦手な縦列駐車の時に、こんな最悪な教官に当たるなんて、私ってホントついてない。

思えば親友だった祐子に孝広を寝取られたあたりから、私の運は下降線を辿り始めたんだ。

孝広と壮絶なケンカ別れをしたのが三カ月前。その直後、カルティエの財布は落とすし、大事な書類はなくすし、スキーで捻挫《ねんざ》はするし、泣きっ面にハチっていうか、弱り目に祟《たた》り目っていうか、おまけに誘いをかけてくる男は妻子持ちばかりで、ホント、人生のドン底に落ちた感じだった。

会社に行く気力もなくて、郷里に帰るのも面倒で、しばらく寝込んでいたんだけど。会社の先輩が見かねて、よく当たると噂の占いのオバサンを紹介してくれたんだ。

「気分を切り替えなさい。大丈夫、あなたは本来、運が強いタイプなんだから。ただ今は、ちょっと影が差しているの。この影を取り除くには、幸運を呼ぶこれが効きます」

オバサンがショーケースから取り出したのは、青い石でできたアンティークなデザインのペンダントだった。

「この石はラピスラズリといって、東洋では瑠璃《るり》と呼ばれているのよ。仏典に出てくる七種類の宝玉のひとつに数えられていてね。ツタンカーメンの眼に嵌《は》め込まれていたのもこのラピスだったって、ご存じ？　そうなの、古代エジプトやインダス文明の遺跡からも数多く発見されていて、古くから幸せを呼ぶ石として貴ばれてきたの。これは私があなたぐらい若かった頃に、パリで見つけたペンダントよ。とても高かったんだけど、見たとたんピンときたわ。どうしても買わねばと思って、その直感どおりだったんですよ、手に入れたとたんにパーッと人生が開けたんだから」

気がついた時には、私は銀行に駆け込んでいた。そして占いのオバサンに促されるまま、代金二十万円を払っていたのだ。

ペンダントを自分の物にしてからは、どこに行く時も、眠る時だって、肌身離さず首にかけるようにしてる。大枚はたいて買ったせいか、これをしていると気分が浮き立つ。おかげで元どおり仕事にも復帰して、最近じゃ失恋の嫌な記憶も少しずつ薄らいできている。

でもそれは、ラピスラズリというこの石のご利益《りやく》なんかじゃない。単に時間が経ったからであって、パーッと人生がバラ色に染まるような二十万円分の幸せなんて、まだ手に入れていないんだ。それどころか今日みたいに嫌な目に遭ったりすると、何だかペンダントを買ったことまで騙《だま》されたように思えてしまう。

くさくさした気分を紛らわすべく、私は喫茶コーナーでプリンアラモードを食べることにした。隣のテーブルでは、いかにも専業主婦って感じのオバサン二人が、エビピラフをかき込みながら教習簿を見せ合っていた。

「あーあッ、もう六時間もオーバーしちゃってるわ。この分じゃ免許取るまであといくらかかるか、考えただけでゾッとしちゃう」

——フンッ、どうせ亭主の稼ぎで通ってるんだろうに、よく言うよ。こっちは自腹を切ってるんだ。それなのに午後の技能教習に、四千五百円払ってもう一度縦列駐車をやらされるんだから。

そう思うとますます気分が苛立ってくる。

「ねェ、町田って教官、当たったことある？　すごく優しいのよ、教え方がていねいで」

「知ってるわよ、ちょっと加勢大周に似ている人でしょ。私なんか二度も見てもらったもん。フフンッ、あんなイイ男が隣に座ったら、こっちだって張り切っちゃうわよ。二度ともイッパツで合格の判子をもらったしね」

オバサン二人のお喋りは続く。聞く気はなかったけど、思わず耳がダンボになってしまう。加勢大周に似ているというだけでドキッとしちゃうのに、教え方が上手《うま》くて、その上すぐに判子を押してくれるだなんて……。

午前の教習のイヤミな男といい、とにかく私の当たる教官は、助平っぽいのから居眠りするのまで、みんなオッサンばかりだった。一度でいいから、加勢大周の隣で一時間過ごしてみたい。思わず胸に手を当て、私はラピスラズリを握りしめる。

——どうかオバサンたちの話している教官に当たりますよう。神様お願いします。

信じる者は救われるのだ。午後の配車券には、町田という教官の名前が書かれていた。

†

私は震える膝頭を必死に揃えて、指定された教習車のシートで教官を待った。乗り込んできた男は、オバサンたちの言うとおり、照れ臭そうに笑う横顔が加勢大周にそっくりの美形だった。

ハンドルを握る手はグッとくるほど色っぽいし、真剣に指導するその顔は〝写ルンです〟を用意しなかったのが悔やまれるほど美しい。私の集中力はいやが上にも増した。

「そうそう、上手いじゃない。これなら仮免も大丈夫だよ。そうだ、他に自信ないところがあったら言ってごらん。クランクとかS字とか、もう一度チェックしてあげるよ」

まるで夢の中でドライブしているみたいだった。エンストなんか一度もしなかったし、ポールを擦ったり縁石に乗り上げることもなかった。自分でも信じられないくらい思いどおりに車が動く。一時間があっという間に過ぎて、合格の判子を押された教習簿を受け取った時には、嬉しくて天にも昇る気分だった。

「ねェ、川上さん」

ハイッと、私は潤んだ瞳で教官を仰ぎ見る。

「明日の夜、時間が空いていたら、一緒に食事でもどうかな」

微笑みを浮かべて教官は私を見つめていた。突然の誘いに私はボーッとしてしまう。

「本当は誘っちゃいけない決まりなんだけど……。でも君のことをもっと知りたいんだ」

　キラキラ光を放つ眼差しに、ラピスラズリのペンダントの下で胸がキュンと疼《うず》きだす。

†

　翌日、約束どおり池袋で待ち合わせて、イタリアンレストランでディナーのフルコースをご馳走になる。サングリアの酔いが回ったのか、それともテンションが上がりっぱなしになってるせいか、食べる前から私は紅潮していた。上着を脱いでブラウス一枚になったのに、どうしようもないほど火照ってしまう。

「……なんだよね。まいっちゃうよ、ホント」

　——この人が加勢大周なら、私は鈴木保奈美だわ。

　火照りがおさまらないからか、何を言われてもポーッと上の空だった。気分はすっかりトレンディードラマしていたんだ。

「じゃ、行こうか」

促されるまま店を出てシトロエンに乗り込めば、夜の街を車は池袋プリンスへ向かう。

——ああッ、どうしよう。初めてのデートなのにホテルに直行だなんて……。

うろたえているはずが、久しぶりのセックスの予感に、体はジュルジュルに潤み始める。そんな私を従えて、加勢大周のそっくりさんは、フロントカウンターには見向きもせずにどんどんロビーの奥へと行ってしまう。

——きっとカクテルラウンジに誘うつもりなんだわ。ああん、それよりィ〜、早く二人きりになりたいのにィ〜。

そんな気持ちが伝わったのか、クルッと振り返ると、男は美しい顔に奇妙な薄笑いを浮かべて囁いた。

「こっちにおいで」

言うが早いか腰に腕を回す。と次の瞬間、私は女子トイレに引きずり込まれていたんだ。抱きすくめられ、鏡の前でキスされる。動揺しながらも、条件反射で私は舌をからめてしまう。男の左手がブラウスの上から乳房を揉《も》みしだき、右手がスカートをたくし上げる。

「待って、誰かに見られたら……」

震える体を強張《こわば》らせれば、ニヤリと笑って男は私を抱きしめる。指はパンティーに滑り込んで濡れた肉ヒダを弄《もてあそ》ぶ。もうこれ以上立っていられなかった。引きずられるようにして奥のドアまで連れて行かれ、そこの便座に座らされる。パンティーを毟《むし》り取られ、男にお尻を向けた恰好で便座の上にひざまずく。

――こんなところでセックスするなんて……。人が入ってくれば絶対に気がつかれちゃう。鍵を掛けていても、ホテルの人間だったら開けられてしまうかもしれないのに……。

泣きたい気分で身を捩《よじ》ってみたが、男はかまわず亀頭で肉を押し分ける。粘液が膣から伝い落ちるほど何度も何度も抜き差しされて、私はたまらず腰を振っちゃう。喘ぎ声を必死に嚙み殺しても、便器の蓋はギシギシ鳴っている。それに合わせて、剝き出しの乳房をラピスラズリの青い石がペタペタ叩く。

嘘つき

受話器を握りしめ、私はそっと振り返る。何が可笑《おか》しいのか俊之は、テレビにかじりついたままゲラゲラ笑っている。

「いいな、すぐ来いよ」

電話の声は、耳に舌を差し込むいやらしさで私を誘う。

「……ちょっと待ってよ」

だが、口を開きかけたとたんに、電話はガチャリと切れた。時計は夜の八時を回っている。これから出かけるなんて、俊之が許してくれるわけがない。

「ねェ、俊之」

そう思うそばから嘘が唇を濡らしちゃう。

「佐智子からの電話だったんだけど、今からすぐ来てくれっていうの。彼女、臨月だっていうのに、ご主人が出張で、今夜はひとりぼっちらしいのよ」

クローゼットからフェークファーのコートを引っぱり出し、ホテルの名前とルームナンバーのメモをポケットにしまう。

「う〜ん、そりゃ心細いだろうな」

象みたいな小さな目でこっちを見上げると、俊之はティッシュの箱に手を伸ばした。

「だから佐智子の家に、泊まってあげるって言っちゃったの」

恐る恐るそうつけ加えれば、

「ああ、いいよ。俺のことなら気にするな」

俊之はティッシュを毟《むし》り取って鼻をかみ、またテレビに顔を戻す。

あんまりあっさりOKが出たんで、思わず笑いが込み上げちゃう。洗面所に飛び込んで素早く化粧をすませ、パンティーをレースのに穿《は》き替えて、忘れないうちに結婚指輪を抜く。それを財布にしまってコートを羽織り、「行ってきます」の一声だけかけて、振り向きもせずにマンションを出る。

冷たい夜風に頬も凍りそうだったのに、ホテルに辿りついた時には、心臓が子宮に移ったみたいにドクドク疼《うず》いて、腋《わき》の下に汗が滲むほど体は熱く火照っていた。

エレベーターで六階まで上がり、人気のない廊下をルームナンバーをチェックしながら歩く。やっとメモにあるドアの前に立ってノックすると、腰にバスタオルを巻いた恰好でNが顔を出した。

腕を引っぱられ、胸に抱きしめられるまま噛みつく勢いで唇を貪《むさぼ》りあう。大きな手がスカートをたくし上げ、ストッキングごとパンティーを引き下ろす。

初めて抱かれた夜、私はNに嘘をついた。二十一歳で人妻だなんて告白するのは何だか恥ずかしかったから。電話番号を知りたがる彼に、自宅住まいだから教えられないと話したんだ。それでもしぶとく食い下がられて、夜の電話をしないことを条件に番号を教えた。

それから三日とおかずに呼び出されるまま、モーテルやらレンタルルームで昼間から狂ったようにセックスして、今じゃ俊之のがどんなだったか忘れてしまうほど、私のアソコはNのペニスの形に抉《えぐ》られてしまってる。

俊之とじゃとてもその気になれないことでも、Nが相手なら夢中でやれるから。例えば裸にフェークファーのコートを羽織り、絨毯《じゅうたん》の上に四つん這いになって、後ろから獣を鞭打つようにペニスを突き立てられることも。脚を開いてソファに座り、自分でアソコを慰めて見せることも。Nの前にしゃがみ込んで、安っぽい娼婦みたいにしつこく亀頭をしゃぶり上げることも。Nになら、命令されるままどんな淫《みだ》らなことでも楽しめる。

「かわいい顔して、ホントに助平な女だよ」

亀頭で膣を捏《こ》ね回しながら、Nは私の顔を見下ろし独り言のように言う。

「ここが誰のものか、わかってんのかァ。こうしてしょっちゅう入れてやらないと、おまえみたいな女はすぐに虫がつくからなァ」

膝をつかむとグイッと持ち上げ、深く突き刺した恰好でNは唇を重ねる。子宮口を押し上げられて口を塞がれ、私の体は風船みたいに恍惚でパンパンに膨《ふく》れ上がる。

「おい、聞こえてるか。他の男にやらせるんじゃないぞ。わかったな、わかったらケツを振れ。もっと大きく……ああッ、そうだ、中がよじれるぐらい、もっと振るんだ」

こすれ合う音がして、乳房を揉《も》みしだかれ激しく突き上げられて、私は啜《すす》り泣きながら髪を振り乱して喘いじゃう。

そんなことにはおかまいなく、滴るラブジュースを指にからめ取って、Nはゆっくりと肛門を揉みしだいてゆく。そして根元までペニスを押し込むと、お尻の穴に指を深々とねじ込んで、薄い肉の向こう側にペニスの感触を確かめるように直腸をマッサージし始める。

気持ちいい。気持ちよくて、このまま死んでもいいぐらい。膣の奥深くドクドク精液を注ぎ込まれ、腕をNの首に巻きつけ、私は吸いつくように恥骨を震わせる。

ペニスを抜かれるのも切ないほど、体をからめたままグッタリしているうちに、いつの間にかうとうと眠ってしまった。

気がつくと、下半身がスースー寒い。寝ぼけて起き上がろうとしたら、太腿《ふともも》を押さえつけられた。次の瞬間、ヒヤッと何かが股間に塗りつけられる。されるままじっとしていると、ジョリッと何かが肌を逆撫でるのを感じた。

「何しているの？」

そう聞く間にも、ジョリジョリ恥骨のあたりを何かが滑り続ける。

「動くんじゃない。もうちょっときれいにしてやれるんだから」

うそォ……。割れ目を這うNの指は、剃り落とした陰毛を拭っていた。気が動転して、私は目から涙がこぼれているのにも気づかず、人形みたいにぼんやり天井を見上げちゃう。

「これでしばらく会えない間、他の男ともやれないだろう」

抱き起こされて、赤く剃られた部分を見る。

Nは私の膝を開くと、ツルツルのそこに舌を這わせた。ベッドサイドの明かりの中で、剥き出しのクリトリスが固く尖《とが》ってゆくのが見える。

どうしよう、どうしよう、どうしよう……。

不安に混乱してる頭とは裏腹に、下半身はビリビリ痺《しび》れだして、我慢できずに座った恰好のまま、シーツを握りしめて私はイッてしまう。

その腰を引き寄せると、Nは恐ろしく膨れ上がった亀頭を押し当てた。腕ぐらい太く勃起したペニスが、ゆっくりと私の中に埋められてゆく。それを眺めながら、ぼんやり思う。

俊之に見せたら怒るかしら。いいえ、大丈夫。いたずらして、自分で剃ったって言えばいい。こんなエッチな体見たら、きっと喜ぶに違いないもの。

異生物みたいに青筋立った粘膜を光らせて、ペニスは私の脳ミソまで掻き混ぜ始める。

「本当ね。本当にそこにいないのねッ。嘘だったら許さないわよ。私はあの人を愛しているの。誰にも邪魔なんかさせない。相手がユリだって同じよ。私の幸せを奪うヤツは許さない」

鼻水を啜《すす》ってしゃくり上げると、佳世子はそれまでの弱々しい涙声を引っ込めて、ヒステリックに喚《わめ》きだした。

しばらく喚かせておいて、さえぎるように私は言う。

「そんなに心配なら、確かめに来ればいいじゃない」

とたんに電話は切れた。思わず笑いが込み上げちゃう。ベッドにチラッと目をやれば、何も知らずに男は寝息を立てている。

きっと佳世子はここに来る。今頃、財布をワシ摑《づか》みにしてタクシーに飛び乗ってるに違いない。私に抱かれて身も世もなく悶えたこの同じベッドで、自分の男が恍惚に呻いているのを見たら……。その時の佳世子の姿を想像すると、興奮して全身に鳥肌が立ってくる。

そうだ、苦しめばいい。人の気持ちをさんざん弄《もてあそ》んでおいて、自分だけ幸せになろうなんて誰が許すもんか。

「私がレズビアンだなんて、そんなの冗談に決まってるでしょ。ちょっと試しただけよ。フフフッ、何を言われてもダメ。私は男が好きなんだから。ユリもいい加減にまともな恋をしなさいよ。そうじゃなきゃ、一生ひとりぼっちだよ」

あの時の言葉を私は忘れない。佳世子を愛していた分、私の心は憎しみで膨《ふく》れ上がった。どんな手段をつかってでも、この感情を癒さなければ、私はもう誰も愛せなくなってしまう。

弘樹という、こんなつまらない男を喜ばせてやっているのもそのためだ。佳世子が地獄に落ちたのをこの目で確かめれば、きっと私は全ての苦しみから解放される。この男はそのための道具なのだ。

†

「ねェ、このこと、佳世子に話すぅ？」

初めて佳世子の男と寝た夜、私はそう尋ねた。男とセックスするのは七年ぶりで、七年前のと合わせても、それが五回めぐらいのセックスだった。

だから、射精し終わって覆い被《かぶ》さってきた男の体のあまりの重さに、私はびっくりしたんだ。あの時男の心臓は、物凄い勢いで私の乳房を叩いていた。まるで小さな生き物が、私の腕の中から必死に逃げ出そうとしているような、何だか奇妙な感触だった。心臓の鼓動とは逆に、男は脱け殻のように動かなかった。私の膣にペニスを突っ込んだまま、ひょっとしたら眠りかけていたのかもしれない。砂のつまった袋みたいに、ドッサリ乗っかったままびくともしなかった。

男の体重で潰れそうになっている肺に大きく息を吸い込み、私はそっと耳に言葉を吹き込んでやった。

「お願いだから、今夜のことは佳世子に秘密にしてね、彼女に嫌われたくないの。佳世子とは、ずっと親友でいたいから」

それを聞いた時の、男のホッとした顔ったらなかった。薄明かりの中で、口だけニヤニヤ弛《ゆる》ませていたっけ。そしてゆっくり上半身を起こし、じっと私を見下ろしてキザったらしい口調で言ったんだ。

「佳世子には、正直に全部話すよ」

話せるわけがないのに。男の嘘って、どうしてこう単純なんだろう。

それが証拠に、射精し終わったばかりだっていうのに、あいつはまた腰をゆっくり動かし始めた。佳世子を裏切る気持ちに興奮するのは私も同じだけど、撥《は》ねのけたいほどペニスにはうんざりしていた。

だから私は大袈裟に体をしなわせ、日焼けした男の腕の中から、蛇みたいにスルリと抜け出してやったんだ。もちろん、

「……ダメよ、言わないで。佳世子を傷つけちゃう」

と抜け出す言いわけも忘れずに付け加えてね。

†

あれから一カ月が経つ。仕事の帰り、男は毎日のように私の部屋に寄り、夕食を食

べてはセックスをしてゆくようになっている。

まるで結婚でもした気でいるのか、自分の着替えもドンドン買ってては、ここに持ち込んでいる。あの男は独身だから、翌日の着る物さえあれば自分の部屋に帰る必要はない。着替えを持ち込んでからは、セックスの後、トドが日向で腹を見せて寝るように、ドップリ熟睡するようになった。

だが私は、たとえ明け方でも、無理矢理起こして男を帰している。もちろん一刻も早く出ていってほしいからだが、それがどうも男の目には、束縛しない女というふうに映って見えるらしい。

それともうひとつ、私が一度も部屋に行こうとしないのが、不思議でならないようだった。佳世子も含めて今まで付き合いのあった女はみんな、男の部屋に行って身の回りの世話をしたがると言う。

私があまりに詮索も何もしないせいか、女からもらった手紙やプレゼントをわざわざここに持ってきては、得意気に開けて見せたりした。全くバカな男だ。こっちは嫉妬するふりが、面倒で仕方ないってのにさ。

私と男が付き合いだして一週間ほどで、佳世子は他に女がいることに気づいた。

「相手が誰だかなんて、全然わからない。だって、そんなこと聞けないわよ。束縛されるのはイヤだって……。話したでしょ。前の彼女は嫉妬深かったから、それが理由で、あの人、別れてるのよ」

そんなふうに電話口で佳世子が泣いている最中に、男がやって来たこともあった。

それにしても、夜中にインターホンの鳴る音を聞かせるのが、ひとり暮らしの女をあんなに動揺させるとは思わなかった。佳世子は平静を装いながら、絶対に電話を切ろうとはしなかったんだ。

「あら、こんな時間にお客さま？　ねェ、ひょっとして、男ができたんじゃないでしょうね。まさかとは思ったけど、ユリが男と恋に落ちるとはね。レズじゃなくって、バイだったわけか。そうだ、ねェ、ちょっと電話代わってよ。私だって、弘樹を紹介したんだから」

まるで自分の紹介した男がそこにいるのを察知したかのように、佳世子はしつこく代われとせがんだ。そして私が電話を切ろうとすると、思い出したように「死にたい」とか、「自殺してやる」とか口走った。

私は受話器を持てあましながら、男にされるがままパンティーを脱いだ。足を広げられ、クリトリスを舌で舐《な》め上げられて、気がついたら受話器は私の手からこぼれ落ちていた。

だが、そんなことがあった後も、佳世子はひとりでいるのが堪えられないといった様子で、毎晩のように電話をかけてくる。

「あやしいのは、河井っていう人妻だわ。派遣会社から来てるオバサンよ。確か三十五か六だったと思う。弘樹より八つも年上なのよ。恰好が派手で、仕事はできるかもしれないけど、馴れ馴れしくって嫌な女」

そして、勤め先の女たちの悪口をさんざん言った後、必ずこう付け加えた。

「今夜、恋人は来ないの？……そう。だけどユリが男を相手にするなんて、何かの間違いとしか思えない。どうせ続かないわよ。ユリに普通の幸せなんか似合わないもん。ねェ、一生ひとりでいるわよね？」

佳世子が男の元に走って、どれだけ私が寂しい思いをしたか、あの時、溺れた犬を叩くように彼女は幸せを見せつけたんだ。だのに自分が不幸になると、こうして私を道連れにしようとする。どうしてこんな身勝手な女に惚れてしまったのか。全く腹が立ってくる。

身勝手と言えば、先週、突然私の部屋にやって来て、佳世子は調査でもするように、具体的に男のチェックをし始めたっけ。

「それにしても変よね。ユリってば、私に隠してるみたい。付き合っている人って、そんなにイイ男なの？」

そう言いながら、今にも部屋中を引っ掻き回しそうな目で見回す。男の背広やネクタイは、全てクローゼットにしまってあった。が、ベッド脇のテーブルの上に、ゆうべ男が置き忘れていった時計があったんだ。それを彼女は見逃さなかった。

その時計は、文字盤がブラックゴールドでできている、ウブロというスイスの宝飾時計メーカーの製品だった。佳世子は手に取ってみるなり、私に食ってかかった。

「ユリ、これ、弘樹のよ。そうでしょう。あの人が大事にしてるもんが、どうしてここにあんのよッ」

佳世子の顔は、怒りに引き攣《つ》っていた。確かにこれは、どこにでも売っているような時計じゃない。彼女はとうとう嫉妬をぶつける相手を見つけたわけだ。

「ひどいじゃない、弘樹を誘惑したのね」

そう叫ぶやいなや私に飛びかかり、馬乗りになって首を絞めようとする。ブラウス越しに佳世子の乳房が目の前を掠《かす》める。頬にヒリヒリと痛みが走った。丸い小さな尻が、恥骨の上でクリクリ動くのを感じながら、私は久しぶりにえも言われぬ恍惚に浸った。

あの時は、香港で買った偽物だと嘘をついて、どうにかやり過ごしたんだけど。彼女の猜疑心は、男に直接聞くという手段を選んだらしい。そして今、男は私の部屋にいる。

すぐに佳世子が入って来られるよう、マンションのドアの鍵を外す。私は眠っている男の横に体を滑り込ませ、乳房をすり寄せながらペニスに指を這わせた。男の手が私の腰を摑む。私の股間は、もうグッショリ濡れていた。

日曜日は大嫌い

何となくペットショップを見て回り、デパートの屋上に出る。雨ざらしになって薄汚れたパンダやクマの縫いぐるみの乗り物の周りには人影はなく、その代わりハトが数羽、玉虫色の喉を震わせながら、散らばっているポップコーンをせわしなくついばんでいた。

フードショップが並ぶ向こう側、屋上の中央では、スエットシャツにジャージ姿の高校生のグループが、汗臭い塊になってベンチを占領している。クラブ活動の帰りなのか、缶コーラを片手に、飢えた胃袋に焼きそばやらタコ焼きやらを詰め込んでいる。

畳んだパラソルのついたテーブルでは、デップリ太ったオバサンがひとり、モサモサの頭を抱えるようにして眠っていた。いや、眠っているのはオバサンだけじゃない。そこからちょっと離れた日陰の椅子に、何の仕事をしている男たちだか、薄汚れた恰好の連中が、洗濯物でも干すように薄い体をベロンと伸ばして行き倒れのように眠っている。

空はバカみたいに晴れて、私の気分はいつもどおり最悪だった。

――日曜日なんてなけりゃいいのに……。

不倫している女にとって、正月と週末ほど憂鬱な時はない。ひとり暮らしのマンションで、じっと一日が終わるのをやり過ごすなんて、気が狂いそうなほど辛い。

そんな状態で電話が鳴れば、つい飛びついてしまう。でも村沢健一の声でなきゃ邪魔なだけ。こんな最低の気分の時に、女友達のノロケを聞かされたり、興味のない男の誘いを受けて相手をするなんて冗談じゃないもん。

ああッ、だけど、結婚している男が日曜日に、電話をくれるはずがないんだ。わかっている。なのに待ってしまう。それが嫌だから私は毎週こうして当てもなく外を出歩くの。

外に出るといっても、デートスポットみたいな場所にはもちろん行かない。映画館も水族館もイヤ。渋谷や新宿を歩く気にもなれない。強いてあげれば池袋。それもデパートの地下からエレベーターで一気に上がり、ペットショップに直行するのがいい。今のマンションじゃペットは飼えないけど。でも、ぼんやり子猫や熱帯魚を見ていると、不思議なほど心が休まるから。

それに、信じられないほど屋上には家族連れがいないんだ。その代わりに、わけのわからない人間が、掃き集められたようにボーッとやって来る。私も彼らに混じって自動販売機でホットコーヒーを買う。

植え込みの近くの日陰になっている椅子に腰かけて、スピーカーから流れ出る歌謡曲がクルクル空に飛んでゆくのを半分眠りながら聴く。と、いきなりドンッと後ろから椅子ごと突き飛ばされた。コーヒーカップが転がって、テーブルの上に茶色の染みが広がる。

振り向くと後ろで、子どもがペタンとしゃがんだまま、顔をしわくちゃにして泣いていた。おでこをぶつけたのか、赤く血が滲んでいる。泣き声は私を脅かしているように聞こえた。慌てて私もしゃがみ込み、ハンカチを取り出して額を拭ってやる。すると、ますます声を張り上げてその子は泣き始めた。

——こんな子、死んじゃえばいいのよ。子どもなんか大っ嫌いだ。

心の底で呪いながら、必死に笑ってご機嫌をとる。そんな自分が卑しく思えて、涙が出そうなほど腹が立ってくる。特にこの年頃の四、五歳の子どもが私は虫酸《むしず》が走るほど嫌いなんだ。それはたぶん、私と同い年の女友達がこの年頃の子どもをもっているせいだろう。

彼女たちの家に遊びに行って、発狂しそうになったことが何度もある。グチャグチャに散らかった部屋。開けっ放しのトイレ。相手にされないと大声で喚《わめ》きだすガキ。バッグから化粧ポーチを持ち出されて、メチャクチャにされた時は、殴ってやろうかと思った。だが母親である彼女たちは、それを笑って見ているのだ。一体どういう神経をしているのか。

それともうひとつ、村沢にも確か、このぐらいの年の子どもがいるはずなんだ。それを思うとギャッと血が逆流して、思わずこのガキを屋上から投げ捨てたくなる。

「どうした昭雄。だから言わんこっちゃない」

突然、頭の上で男の声が聞こえた。一瞬私の体は硬直する。聴き慣れた声に弾けるように顔を上げれば、何とそこに村沢健一が立っているじゃないか。

私を見て、村沢もギョッとしたように腰を引いた。その気の弱そうな細長い顔を見たら、どうしようもなく嬉しくなっちゃう。

村沢は財布を取り出すと、子どもに五百円玉を渡した。フードショップに駆けてゆく子どもの後ろ姿を目で追いながら、彼は私と並んで椅子に腰かけた。

「びっくりしちゃったわ」

「びっくりしたのはこっちの方さ。こんなところに用があるわけじゃないんだろう？」

会う時はいつも私の部屋だった。こんなふうに休みの日に、人目のある場所で一緒に過ごすことなんか絶対にあり得なかった。それにセックスが終われば、村沢はそそくさと帰る用意を始める。終電に乗り遅れたくないのが露骨で、私はいつも惨めな気持ちを追い払うように毅然と彼を見送るしかなかった。

「ええ、ちょっと寄っただけなの。まさか健一さんに会えるなんてね。嬉しいな。こんなデート、一度してみたかったの」

すると困ったような溜め息をつき、村沢はシャツの胸ポケットからたばこを取り出した。

「まずいな」

唇の端にたばこを挟むと、風を両手で避けるようにして火をつけようと身を屈める。

「まずいって？　どうして」

手を添えて、そっと顔を覗《のぞ》き込む。

「いや、それは、まァ、ひとりじゃないからさ」

そんなことは見ればわかる。子どもはチョコレートシェイクのカップを握りしめて、よたよたとこっちに走ってくる。村沢は空を仰ぐと、煙突のように煙を吐き出した。

「うちのヤツが一緒なんだ。買い物に付き合うのも面倒だからな、終わるまでここで時間をつぶしてるってわけだよ」

最後まで聞いていられなかった。笑い顔が引き攣《つ》ってゆくのが自分でもわかる。会えない日に何をしてるかなんて知らない方がいい。こんなふうに一家団欒《だんらん》、幸せな日曜日を過ごしているなんて見せつけられたら、地獄の底まで呪ってやりたい気分になる。

私は村沢の顔は見ずに、戻ってきた子どもに目をやった。不審そうに私を見るガキの目は村沢に似ず、すっきりとした一重だった。

「そうなの。じゃあ、奥さんに会っていこうかな。デートの相手もいないし、暇だもんね」

「冗談はよせよ」

ムッとした声で村沢は言う。今まで我慢してきた思いが、その一言で爆発した。それで
「冗談じゃないわよ。私をひとりぼっちにしてこんな幸せに浸ってるなんて。それで平気なの。健一さん、ひどいッ。あたしのこと何も考えてくれてないッ」

　声が震えて涙が溢れだす。村沢は、慌てて子どもを金魚の泳ぐプラスチックの池に連れてゆく。ワタワタとこっちに戻ってくると、私の肩を抱いて懇願するように小声で言った。

「どうしたんだよ、いつものサヨちゃんらしくないぞ。俺が何をしたって言うんだ。困らせないでくれ、頼むから」

　涙に濡れた睫毛《まつげ》を瞬いて、私は村沢の目をじっと見つめる。

「じゃあ抱いて。今すぐ抱いてよ」

　そう言って、膝に置かれた手をミニスカートの中に引っぱり込む。レースのパンティーの中で私のアソコは、チューチュー鳴きそうなほど村沢の指を恋しがっていた。

　一瞬怯《ひる》んだように体を強張《こわば》らせたが、植え込みの陰に隠れて人目がないのを確認すると、村沢はパンティーの脇から指を滑り込ませ、湿ったミゾをゆっくりとなぞり始めた。

甘い溜め息が唇からこぼれる。片手で村沢の腕をつかんでいないと、椅子から転がり落ちそうになっちゃう。それぐらい気持ちよかった。クリトリスは硬く尖《とが》って、指に転がされるままビリビリ痺《しび》れ始める。

「ああんッ、したい。してくれたらすぐに帰るから」

「なにバカ言ってんだ。こんなところでできるわけないだろう」

村沢はそう言いながら指を止めない。私は我慢しきれずズボンに手を伸ばす。夢中でベルトを外し、チャックを下ろす。ブリーフの中からいつもより硬く勃起してるペニスを引っぱりだして、スカートの裾をまくってヒラリと彼の膝の上に腰を下ろした。ベットリ濡れたパンティーからお尻を剝き出せば、ペニスはツルンッと膣の奥に吸い込まれる。ああッ、たまらない。いい気持ち。

「ねえパパ、あっちにいってもいい？」

見ると、村沢の子どもが、私の腰を抱える彼の腕をゆすっている。

「よし、いいぞ。行ってこい」

子どもはパタパタ行ってしまう。その後ろ姿が消えるのを待ちきれず、腰でのの字を描くように子宮口で村沢の亀頭を捏《こ》ね回す。

熱い液が太腿《ふともも》をつたって落ちる。と、村沢は私の腰を持ち上げ、さっとペニスを抜いた。

「さあ終わりだ。明日電話するから、約束だ、今日は帰ってくれ」

しぶしぶ立ち上がって身繕いし、バッグをつかみあげた時だった。

「パパー、もういくって。ママがァ」

子どもに手を引かれて、女がこっちに歩いてきたんだ。私を見ると、太い眉毛をつりあげて村沢を睨みつける。

「いや、さっき昭雄がこの人にぶつかってね」

村沢がしどろもどろに言いわけをしている間、私も奥さんもお互いの耳に赤く光る同じ形のガーネットのピアスを見逃さなかった。

「あら、これどこでお買いになったの？」

女の言葉に私はもう一度椅子に座りなおした。

真実のムーンストーン

あんな男、もう別れてやる！　智昭のバカバカバカバカバカァ。

涙がこぼれてとまらない。私と付き合っていながら、新人ＯＬともできちゃうなんて。しかも自分の両親に、その女を紹介するなんて。三年間付き合ってきて、私にはそんなことといっぺんもしてくれなかった。

「俺、まだ結婚なんて考えられないよ。借金はあっても、貯金なんか一円もないんだぜ。これじゃ挨拶にもいけないよ。うちの親にだって、恥ずかしくって言えないし」

ついこの間、私に言ったあのセリフは何だったのよ。

デートはいつも割り勘か私のおごりで、あいつの口癖は、「金がない」か「仕事が忙しい」のどっちかだった。それでも別によかったのは、本当に私が愛してたからじゃない。他の女とこそこそ遊んでいるのを許したのも、心底惚れてたからだったのよ。

それなのにあいつったら。

「お前も、そろそろ自分の幸せを探したほうがいい」だなんて、ホントよく言うわよね。

「金持ちの家持ちの、一人娘に目がくらんだ」って、正直に言ってくれた方がまだよかった。だってそんなこと、最初っから全部知ってたもん。

あーあ、こんなに愛しているのに、バカよあの男は。もう好きにすればいい。別れたいなら、別れてあげる。

そう心の中で叫びながら、グラスを空けた時だった。

「ひとりですか？」

振り向くと、ウェーブのかかった栗色の髪のガイジンが私を覗《のぞ》き込んでいたんだ。

思わず胸がドキッとしちゃった。だってトム・クルーズにそっくりだったんだもん。ひょっとして、お忍びで来日していたりして。まさかね。六本木ならまだわかるけど、新宿のこんな安いバーに現れるわけないもんね。

笑って見上げる私に、隣の椅子を指さしてブルーの瞳でウィンクして見せる。慌ててバッグを膝の上に移すと、嬉しそうに椅子を引き寄せ、長い足で私を挟むようにして座った。

そのとたん、どこからかピューッと口笛が鳴った。そっちに目をやれば、三人のガイジンがニヤニヤ笑っている。それを背中で隠すようにして座りなおし、唇を尖《とが》らせるとトム・クルーズのそっくりさんは、

「妬《や》いてるんだ。君があんまり可愛いから、僕に取られて悔しいのさ」

なんて言う。気恥ずかしくって私は慌てて目をふせちゃう。すると今度は、テーブルの下からギュッと手を握られた。

「ねえ、ここ、出ようよ」

促されるまま夢見心地で店を出る。肩を抱かれて、ガッシリ厚い胸板に体をあずけるようにして歩けば、気分はすっかりトップガンのケリー・マクギリス。

そう言えば、こんなふうに男と歩くの何年ぶりかしら。智昭なんて最初のデートの時から、振り向きもせずに私の前をスタスタ歩いてたんだもんね。それにこの頃じゃ、まるでデートなんかなかったし。そう、気まぐれに私の部屋に来て、セックスして眠るだけ。考えてみたら最低な関係だったのかもしれない。

そんなことを思い起こしながら横断歩道の前で立ち止まっていたら、夜風がフワリッと髪を掻きあげた。と、突然トムが私の頭を抱き、額に軽く唇を押し当てたんだ。

周りの視線がハッとしたように私たちに集まるのを感じた。ああッ、こんなイイ気分、生まれて初めてよ。体がアイスクリームみたいにデロデロに溶けちゃいそう。

気がつくと私たちは、ホテル街をさ迷っていた。紫色のネオンに誘われて、入り口の前で立ち止まる。と、私の肩に回していた腕をスッとはなして、

「僕、お金、ないよ」

トムは困ったように肩をすくめた。

「いいの。お金なら私が持ってるから」

このままあの部屋に帰るなんて、考えるだけでゾッとする。ひとりぼっちで泣き明かすくらいなら死んだ方がましだ。私は迷わずトムの腕を胸に抱いてホテルのドアをくぐった。

部屋に入るなり、縺《もつ》れるようにしてベッドの上に組み伏される。熱い息がかかって、トムの太い舌が私の唇をこじあけた。スーッと気が遠くなる感じ。キスされたぐらいでこんなに感じちゃうなんて信じられない。

「名前は?」

「清美」

「清美の誕生日は？」

「七月二十日」

「ふーん、蟹座生まれか。蟹座のイメージはね、ムーン。そう、月なんだよ」

日本語と英語が頭の中でクロスしてる。彼の手は、ブラジャーを剝ぎとって私の乳房を揉《も》みしだいてる。唇が首筋を這い、歯が耳たぶを噛む。

「月は天上のセレーネー、地上のアルテミス、地下世界のヘカテーという三人の女神に支配されているんだ」

そう囁きながら、指で割れ目をゆっくり押し開いてゆく。

「だからね、蟹座の女は、この三人の持つ神性と母性と狂気をあわせもっているんだよ。清美の美しさと、優しさと、それから……」

その時、私の中にトムの指がブスリと差し込まれた。二本の指で内側の感触を楽しみながら、親指でクリトリスを弄《まさぐ》り始める。我慢できずに私は喘ぎ声を漏らしてのけ反っちゃう。気持ちよくて朦朧《もうろう》とする唇に、トムのペニスが押し当てられ、私は夢中でそれを貪《むさぼ》る。

智昭のとは比べ物にならない大きさにびっくりしながら舌を這わせれば、私の太腿《ふともも》を抱えるようにしてトムは膣に舌を差し込む。舌を差し込まれて陰唇を唇で挟まれ、クリトリスを指でこすられて、私は喉の奥までペニスを飲み込んだまま、腔腸《こうちょう》動物みたいに穴を開きっぱなしにしちゃう。

こんなのって、こんなのってありィ〜ッ。頭の中が恍惚に弾けて真っ白になってゆく。今まで私と智昭のしてたことって、あれっていったい何だったんだろう。ただ入れて出して、とても同じセックスとは思えない。

ズルッと口から肉棒を抜くと、私をうつ伏せにして、後ろからねじ込むようにして今度は膣に差し込む。ものすごい勢いでピストン運動を繰り返されて、私はもうヘロヘロ。それなのにペニスが刺さったままグルンと体を返され、太腿を頭に押しつけられる恰好で、子宮が破けるんじゃないかと思うほどズボズボ突き上げられちゃう。

一度彼が射精したのか、それとも私が濡れ過ぎちゃってるのか、ペニスが動くたびにゴボリッと粘液が膣から溢れ出る。それがお尻の方からタラタラこぼれて、もう泣きたいぐらいいい気持ち。

「フフフッ、清美が蟹になってる。ほら、こんなに泡を吹き上げてるよ」

そう言って指先で、繋《つな》がったあたりを拭うと、私の唇に何度も何度も滴る液体を擦りつける。その指が突然、後ろの穴を弄りだした。ペニスの輪郭をなぞるように、ゆっくりと動かし始める。私は半分失神して、グッタリ膝を開いたまま、されるに任せて腰をゆする。

「月の見えない夜に蟹座を見つめているとね、その真ん中に青白くぼんやりとした光を見つけることができるんだ。その光は、現代の天文学ではプレセペって呼ばれている散開星団でね。中国では積尸気《ししき》って言って、死者から立ち昇る妖気だと思われていたんだよ」

うっとりする甘い声で、トムが何か囁いている。私の体はパックリ開いたまま、ズルズルとペニスをしゃぶり続けてる。

「ギリシャではプレセペは、人間が生まれる時、天上から送られてくる魂の出口だと考えられていた。わかるかい、蟹座と月とが共通してもっているイメージはね、生と死なんだ」

青い瞳がじっと私を見つめる。ゾクッとするほど残忍な光を放っていた。

「殺されるッ」と思った。次の瞬間、トロけるような微笑みを浮かべたかと思うと、トムは私の首に指を回して、喉を絞りながら腰を突き上げ始めたんだ。

血が頭に溜まって、顔が紫色に脹《ふく》らんでゆく気がした。もがいて逃げようとしても力が残っていなかった。麻痺した股間にペニスを突っ込まれたまま私は弛緩した。とたんに強烈な恍惚に羽交いじめされ、それと同時に、太腿を温かな液体が流れ伝うのを感じた。

気がついた時には私は、まるで赤ん坊みたいにトムの腕に抱かれていた。目を覚ました私の瞼にそっとキスをして、汗ばんだ額から髪の毛を撫で上げ、トムは笑いかける。

「さあ、これで生き返ったんだよ。もう悲しいことは何もない」

その言葉に胸がキュンとなって思わず抱きついちゃう。頰ずりしながら溜め息をつけば、

「ムーンストーンっていう石を知ってるかい？　青白い帯が石の曲面に浮かび上がる、シラー効果の美しい乳白色の石だよ。その石の光沢はね、月が満ちる時には愛の護符になり、欠ける時には予知能力を授けてくれる。月を守護星にもつ蟹座の守護石で、真実の愛を導く宝石とも言われている。清美、これから銀行へお金をおろしに行こう。君は、ムーンストーンの指輪を持っているべきなんだ」

そんな素敵な宝石があるなら絶対欲しい。慌てて服を着てホテルを出る。喫茶店でモーニングサービスの朝食を済ませ、銀行が開くのを待ってカードで現金をおろす。

「それから、ついでに僕にお金を貸してよ」

私は思わず吹き出しそうになった。おろした現金二十万円から、一万円札を二枚だけ抜いてトムに渡す。まァ確かに、それぐらいは楽しませてくれたもんね。お金を受け取ると、男はあっという間に人込みの中に姿を消した。あのセックスが夢じゃなかった証拠に、私はムーンストーンの指輪を買うことにした。

求めよ、されば与えられん

カウパー腺から滲み出た透明な分泌液で、ツルツルと亀頭を撫で回す。ああッ、何て可愛いチンコ!!　思わず頬ずりしたくなる。

舌先でペロペロ舐《な》め回せば、持ち主の男は私の頭を両手で押さえて、口の中に肉棒を押し込もうとする。焦っちゃいけない。まず、根元を横に咥《くわ》えて唇でチュパチュパする。その間も、指は休みなくふぐりと肛門の間を這い回る。

太腿《ふともも》のつけ根をマッサージするように揉《も》みほぐし、まず片方の睾丸を頬ばる。舌で捏《こ》ねるように玉を弄《もてあそ》んで、指先は亀頭をこすり続ける。同時に違うリズムで刺激すると、男は腰を突き上げて呻き声をあげた。

「入れさせてよ、口でもマンコでも、もうどっちでもいいよ」

カリはパンパンに膨《ふく》らんで、指が十分にひっかかる。長さはちょっと物足りないが、太さは十分。根元が細いのも好ましい。

私はペローンと舌でチンコを舐め上げ、ご希望どおりに亀頭に唇を当てる。それからカポッと、まるで膣に挿入するみたいに口の中に押し込む。

舌は勃起した具合、つまり皮膚の張り詰めた感触を確かめながら、レロレロクネクネ動き回っている。ゆっくりと喉の奥まで深く差し込み、その後は首を上下させて浅く素早く唇でしごく。

この程度の刺激で、男はたまらなそうに太腿の筋肉を震わせている。「あッ、あッ」と声を出すのもなかなか表現力豊かでいい。

むっつり黙ったまま、フェラチオさせる男ほど味気ないものはない。女の頭を押さえ込んで、ドカドカ腰を突き上げ、無言で口内発射するヤツなどチンコ嚙み切ってやろうかと思う。そんな失礼な男には、必ずザーメン入りのキッスをみまわしてやることにしているが……。

と、色々と思い返していると、男は横座りの私の体に手を伸ばし、股間に指を這わせようとした。ハイヨッと男の顔を跨《また》ぎ、鼻先に濡れたマンコを思いっきり開く。

陰唇はクンニリングスの感動に、既に膣の内側がせりだすほどに感じている。舌でビラビラをベロベロされれば、なおさらジュルジュルにバルトリン腺液が溢れ出す。

男の指先が陰唇をめくり、開いた奥にニューッと舌が差し込まれる。クリトリス周辺を指で優しく撫でさすられつつ、舌の愛撫を受けていると、さすがの私もたまらない。チンコを頬ばった唇の端から、「あは～ン、うふ～ン」と喘ぎ声がもれてしまう。見た目には女慣れしてないウブな男に思えたが、愛撫のテクニックはどうしてどうして。ぎこちないかと思えば、次の瞬間、痺《しび》れるほど急所をバッチリ捕えてくれる。どんなに素晴らしいチンコをもっていても、持ち主がチンコに胡座《あぐら》をかいていたり、宝の持ち腐れで性に意欲がなかったりすれば、セックスはたちどころにつまらないものになってしまう。

愛よりも何よりも、真っ直ぐに女好きなスケベエな好奇心だ。それがマンコをグショグショに濡らし、満開のぼたんのようにパックリ見事に陰唇を開かせる。

さて、十分お互いの局部を舐め合い啜《すす》り合って、私は騎乗位でさっそくチンコを膣に深々と収めた。

この硬さ、柔らかな女の体を肉棒ひとつで支えるような、この硬さこそが肝心だ。

私ほどベテランになれば、半立ちのチンコでも膣に収めて中で勃起させるという妙技をご披露できるが、処女が相手となれば、硬さだけが頼り。硬さがなければ、どんなに濡れたマンコでもこじ開けるのは難しい。

そして、次は持久力。何がいけないって、早漏ほど罪深いものはない。

女の体には助走というものが必要なのだ。「あの女、不感症だぜ」などと言う男に限って、女が感じ始める前にとっととひとりでイッちまう早漏である。

こういうことを言うと、「でも、遅漏男は嫌われるんですよ」などと、間抜けなことを言うヤツがいるが、それは「おめェのペースでズゴバゴやってるからだよっ」と、私はきっぱり言うことにしている。

女同士の、勃起や射精といった面倒な手続きのないセックスは、半日、いや一日中、ベタベタヌルヌルクチョクチョやりまくることもできる。それぐらい、本来女の体はタフにできているのだ。

女が自分の体を十分に堪能し、その恍惚の深さを知ってしまえば、遅漏男の十人や二十人、楽に相手にできる。いや、「もっとちょうーだいッ」というふうになるかもしれない。

嘘だと思うなら、いつもよりスローに、たっぷり時間をかけて身を粉にして、女の体の潤み具合、心のほぐれ具合に合わせてセックスしてみるといい。射精せずにインターバルをとって、一日中入れたり出したり、自分の皮膚だか相手の皮膚だか、感覚の一体感に目まいがするほどやり込んでみれば、女の快楽の底無しの深さを思い知ることになるだろう。

だがそうなると、男は自分専用の女をもてなくなる。つまり女ひとりに、ひとりの男じゃ足りなくなるのだ。女が複数の男と交わる、それが当然のことになれば、女の下半身はもはや男の管理するものではなくなる。財産は男の手からはなれ、誰の種だかわからない女の腹に宿った生き物に引き継がれてしまう。

管理が命の男社会にのうのうと生きてきた男たちは、自己のアイデンティティーを失い、チンコは萎《な》えたっきり。そんなことにならないよう、セックスは男のペースでやるべしという、くだらない男同士の目配せ気配りがまかり通ってきたのだ。

女の性欲が跋扈《ばっこ》する世になれば、性欲のない男たちが溢れ出すのは、だから必然。まッ、そんな生命力のない雄は、絶滅してかまわないが。

ところで、今私が跨《また》がっているこの男も、持久力という点では、少々問題がありそうだ。ちょっと腰を早く動かすと、もうダメッとばかりに尻の肉を毟《むし》りつかんで下から小突き上げようとする。「出すなッ」と耳元で囁けば、

「わかった、でもこのまま動かしたらイッちゃうよ。ねえ、ちょっと動かないでくれよ」

私はその肩にガブリと嚙みつく。痛みで気が散るように。だが、失敗だった。まるでそれがGOサインとばかりに、男は私にしがみつくとガクンガクン腰を震わせ射精してしまったのだ。

こんなに射精のコントロールができないとは思っていなかった。これじゃ、女二人を相手にする3Pは無理かもしれない。美和の初体験用に、このチンコはうってつけだと思ったのに……。

しかし、そんな落胆を吹き飛ばす勢いで、ほんの数分後に、肉棒は再び頭をもたげた。さすが十八歳の下半身だ。それから約五時間、今まで溜めに溜め込んでいた精液をジャブジャブ放って、若いチンコは私の膣に抱かれて踊り狂ったのであった。

全裸に剝かれた美和は、恥ずかしそうにベッドに腰かけると、いつものように私の唇にやんわりと唇を重ねた。

男の前で全裸になるのも、こうして抱かれる姿を見られるのも、美和にとっては初めてのことだろう。そのせいか動きがオドオドしていてぎこちない。しかし、それが男の欲情をそそるのか、傍らのチンコは既にガチンガチンに勃起している。

彼女の心をマッサージするように、言葉と愛撫で優しく揉みほぐし、まずはその細い指で亀頭にタッチさせる。男は愛敬で、触られるたびにピクンピクンとチンコを弾ませる。

「思ったより可愛いのね」

頷《うなず》くチンコの頭を撫で、美和は微笑む。タンポンも入れたことのない、私の人差し指がやっとの美和の処女膣に、これが入るかと思うと思わず私の胸も震える。最初は痛いであろう。だが大丈夫、私がついている。

美和の舌でペロペロ舐められて、睾丸を包んだ袋は、ミラーボールみたいにキラキラ光って皺《しわ》を蠢《うごめ》かす。まずはフェラチオで彼女の中の男根恐怖を和らげる。ウーパールーパーみたいな一つ目の肉棒と、すっかり馴染《なじ》んだ頃には、美和の陰唇は私の舌戯でトロントロンにトロけている。

その華奢《きゃしゃ》な体をベッドに仰臥させ、上半身を抱きしめて粘っこいキスをする。その間に亀頭はビラビラを割って、一気に膣に潜り込む。美和は背中をしなわせ、私の口に呻き声をもらす。最初はゆっくりと、汗ばむ彼女の顔から苦痛の表情が消えるまで、抜き差しを繰り返す。

柔らかく解けた陰唇は太いチンコを飲み込み、薔薇色にヒダヒダを震わせている。出血はなかった。ホッと安心して、私は美和の肛門に指を這わす。

窄《すぼ》まった穴は呼吸に合わせて閉じたり弛《ゆる》んだりしている。滴る粘液を指にからませ、注意深く直腸に指を差し入れる。カリが膣をこする、その感触を指先に感じて私は恍惚としてしまう。

惚れた女の膣に収まるチンコの動きを、直腸越しに指先に感じる。私にとって、これ以上の悦楽はない。

そして男の体の上に、うつ伏せに返された美和の股間に顔を寄せる。赤く膨れた亀頭が埋もれたそこにしゃぶりつき、密着した皮膚の間に舌を差し入れ、膨れて捩《よじ》れたクリトリスを啜り上げる。

美和の喘ぎ声が頂点に達し、肛門に差し込んだ指に、膣の引き攣《つ》りを確認すると、私は男の体を美和から引き離す。グンニャリ脱力した美和の体にキスの雨を降らせながら、私は彼女の体から抜きたてのチンコに膣を覆い被《かぶ》せる。そのまま狂ったように腰を振り立て、美和の恍惚に共鳴するのだ。

チンコが勃起している間中、何度もそれを繰り返す。バイセクシュアルな私の欲求を満たすには、3Pの恍惚は欠かせない。だが、なかなかこれと思えるチンコは手に入らないし、手に入ったとしても、特上のチンコには惚れた女を略奪されてしまう危険がある。

真の話、バイほど性愛に苦労してるものはない。

ハロー・アゲイン

ビチョビチョに濡れた服が、ベッタリ肌にまとわりついて気持ち悪い。通り過ぎる男たちはヘラヘラ笑いながら、私の顔を覗《のぞ》き込むようにして声をかけてくる。アーア、何も悪いことなんかしていないのに、いつだって私が責めたてられるのよね。

ネオンが手を叩くみたいに商売商売って感じで瞬《また》いて、夜の新宿は何もかもがスケベエに、肌をすり寄せ弄《まさぐ》りあってる。誰も私の気持ちをわかっちゃくれないんだ。どうしてこんなことになっちゃったんだろう……。

悲しくて悲しくて、誰かにしがみついて泣きじゃくりたい。優しく髪を撫でられて眠るだけでいいの。セックスなんかしたくないもん。ただ腕に指を絡めて、何も考えずに眠りたいの。そんなことを思いながらシオシオ歩いていたら、嚙みつくようなミナ子の声が、心臓を引き裂く勢いで蘇《よみがえ》る。

「男にチヤホヤされてるからって、いい気になるんじゃないわよ！」

そう言われた時、言いわけなんかしなけりゃよかった……。

「夜中に突然来た木村さんが異常なんだわ。すごく酔っ払っていたから、私の言うことなんか全然聞いてくれないんだもん。それで水が欲しいって言うから、仕方なく部屋にあげたのよ、すぐミナ子のところに電話しようとして、そしたらいきなり私を押し倒すんだもの」

そのとたん、彼女は握っていたグラスの水割を私の顔面にぶちまけたんだ。カン高い声で私を罵《ののし》るミナ子のゆがんだ真っ赤な唇を見ていたら、何だか一緒になって真剣に話している自分がバカバカしく思えて、私はバッグからハンカチを引っぱり出し、胸に滴り落ちる水を拭いたの。

その仕草が気にくわなかったのか、彼女はテーブルに置いてあったミネラルウォーターのビンをつかむと、ハンカチを押し当てていた私のブラジャーのあたりに、ジャバジャバ水を注ぎ込んだ。

そして、ボー然としている私の横面めがけて、パチーンと一発平手をくらわせて彼女は叫んだんだ。

「あんたなんか死ねばいいのよ！」

まともにはたかれた私は、小さな椅子からズリ落ちて、みじめな恰好で床にペタッと尻もちをついちゃった。

この醜い女同士のケンカに、店の中は静まり返り、私が椅子に手を掛けて立ち上がろうとした時に、やっとウエイターが飛んできて後ろから抱きかかえて起こしてくれた。

「ふん、うまいもんよね。いつだって男に甘ったれて。あの人のこともそうやって誘惑したわけ？　誰とでも寝るくせに、人の婚約者にまで手を出すなんて、ふざけるんじゃないわよ！」

黙りこくったままの私に、ますます腹を立てた彼女は、宥《なだ》めようと間に入ったウエイターに見せつけるように両手で顔を覆うと、しゃくりあげる勢いで泣きだした。

そのすきに私は床に転がってたバッグを拾いあげ、慌てて勘定を済ませて店から逃げ出したんだ。

だけど、どうして私がこんな目に遭わなきゃならないの？　親友の婚約者とセックスしたがるほど私はバカな女じゃないわ。なんでそんなこともわかってくれないんだろう……。

木村のゴリゴリした腕が膝を割って入った時、私は両手を思いっきりつっぱらせて逃げようとしたのよ。でも絨毯《じゅうたん》にめり込む勢いで首を絞めつけられたらスーッと気が遠くなって。酔っ払った男の体って、ズッシリ粘りつくみたいに重くてさ、おまけに顎をつかまれて無理矢理舌をねじ込まれたら身動きがとれないもん。

それでもパンティーを引きおろそうとする彼の胸の下で、つぶれた声で泣きながら私は必死にお願いしたわ、やめてくれなけりゃミナ子に言いつけるって。そしたら、

「言えばいいだろ、何をされたか全部ちゃんと話してやれよ」

なんて言うんだもん。で、腰を引き寄せて太腿《ふともも》を抱きかかえると、肩で押さえつけるようにして、濡れてもいない私のアソコを、腕みたいに太いペニスで一気に貫いたのよ。

泣きっぱなしの私を面白そうに眺めて、

「そんなに気持ちイイか、んッ？　こんな柔らかくてネチっこい体して、男はみんな喜ぶだろう？」

って笑ったの。ちがうのに、ちっとも気持ちよくないのに、悲しくて辛くて泣いてるのに。

首を横に振ったら、お尻をワシ摑《づか》みにして彼は私を乗せたまま、ゴロリと仰向けに寝転んだ。グニャッとしなだれかかるように私も彼の胸にうつ伏せる。

あの時、体を外せばよかったんだ。わかっていたけど、抜けなかった。

でも、それは気持ちがよかったからじゃないの。ただ、押さえつけられていた体が、突然楽になったから。手足がジンワリ痺《しび》れて力が抜けて、バックリ開ききった股間を弄られれば、ペニスに乗ってフワフワ宙を漂ってるみたい……。

「ほら、ちゃんとケツを回せよ！」

って命令されたら、つい男の肩にしがみついてクナクナお尻を振る癖が出ちゃう。いけないと思ったのよ。彼はミナ子の婚約者で、私はミナ子の親友で、婚約者と親友がセックスしちゃマズイって……頭の中で指揮棒を振ってるみたいに三角形の図が揺れて、私も一緒にお尻を揺らすの。

子宮を捏《こ》ね回すようにズンズン突きまくられりゃ、クチャクチャ音がするほど濡れそぼち、彼は両手で、のけ反る私のピンと反り返った乳房を握り摑み、唇で揉《も》みしだきながらギシギシ歯をたてるんだ。

体の中を蠢《うごめ》く虫たちが、膣を波うたせてペニスを絞り上げ、乳首から吸い出されてゆく感じ……あんなふうに抱かれたら、私の体は道具になっちゃうもん。だから私は悪くない。

仕方なかったのよ。そう、仕方なかったんだ。結婚から逃れようとジタバタしてる男なんか、一緒になったってどうせゴタゴタもめるだけよ。別れちゃえ、別れちゃえ！

タクシーのシートに体を埋めて、ミナ子の泣き崩れた姿を払い除《の》けるように、私はブツブツ呟《つぶや》いていた。

クーラーが効き過ぎているせいか、濡れた服の肩先が凍る冷たさでガクガク震えてしまう。

もう会わないって心に決めたはずなのに、タクシーは昔の男の部屋に向かっている。こんな夜はひとりじゃいられないもん。

優しいあの人ならきっと私を慰めてくれるわ。いつもこうやってヨリが戻って、結局私はあの人から離れられないんだ。

夜の街に青白く壁を光らせて、別れたはずの男のマンションが見える。タクシーから降りて、私は彼の胸にしがみついて泣くためにギュッと涙を堪《こら》えてエレベーターに乗った。

チャイムを鳴らしたら、しばらくしてドアが開いた。フッと薄笑いを浮かべて、彼は私の肩をやんわり抱く。

「そんな悲しそうな顔をして、何かあったの？」

前と同じ、とっても優しい声。私は用意しておいた涙がユルユル頬をつたって流れ落ちるのを感じながら、見慣れたソファに座って、ミナ子とその婚約者からどんなにヒドイことをされたか、途切れ途切れに話をした。

「そうかァ、かわいそうに……」

彼は私の唇にそっと舌を割り込ませると、ヘビみたいにチロチロ動かして、指で梳《す》くように髪を撫でる。

「でも、やっぱりおまえがいけないよ」

ブラウスのボタンをひとつひとつ外しながら、当然といった感じで、彼は私の服を脱がし始めた。私は、ただ優しく慰めてもらいたいだけだから、

「今日はとっても疲れちゃったの。着替えたらすぐ眠るから……」

と、彼の指を握って囁いてみる。その手を解《ほど》いて、スカートのチャックを下ろし、

彼は黙々と私を裸にしてゆく。

「ねえ、自分で脱ぐから、服を貸して。今夜は眠りたいだけなの――」

と、バシッバシッと頬を叩かれ私は飛んだ！

「何を言ってるんだ。眠れるわけがないだろう」

何が何だかわかんなくて、私はボーッと熱く腫れた顔をソファの背に押しつけて言葉を探す。

「何で、ぶつのォ!?　せっかく戻って来たのにィ。私、何も悪いことなんかしてないでしょ。なのにどうしてそんな意地悪を言うの？」

ソファの中に縮こまった私の髪を毟《むし》り摑むと、彼はズボンごとブリーフを脱ぎ、カチンカチンに勃起したペニスを私の唇に押し込んだ。

喉の奥深く亀頭をこすりつけて、私の首筋をギュッギュッと握ると、溜め息まじりにまた優しい声でしゃべりだす。

「待ってたんだよ、おまえがいつ戻って来るか。仕事も手につかないぐらいだった……ああッ、いい気持ちだ。もっと強く舐《な》めてくれ」

ペニスの根元からしごくようにしゃぶりあげて、私は仕方なく舌を絡める。彼の呻き声にそっと唇を離し、陰毛を鼻先で分けながら、ゆっくり皮を口に含めば、私の頭を跨《また》いで彼はお尻を突き上げる。

「舌を入れてくれ。思いっきり深く入れるんだ」

輪をかくようにして舌先で毛を撫で回し、ペチャペチャ吸いつくみたいにアヌスを舐める。

ピクピク動く肉のヒダに硬く尖《とが》らせた舌を少しずつ差し込むと、彼は背中をくねらせて溜め息をつく。

そのままゆっくり四つん這いに体を起こした彼のお尻を抱いて、私は後ろから股間に手を回し、ペニスをこすりあげるの。もう一方の手で広げたアヌスを揉みしだいて、私は彼に呼ばれるまで忠実な犬になりきってしゃぶり続けなきゃならない。

「こっちにおいで」

セックスなんかしたくなかったのに、彼の股間を舐めているうちに、私の膣は滴り落ちるほど濡れちゃった。だから呼ばれたのが嬉しくて、言われたとおり自分で脚を開いて彼の前に恥骨を晒す。彼は片手にブリブリ動くオモチャを握りしめると、覗き込むように体を屈めて、私の股間にヌルリとそれを刺し、落ちないようにゴムバンドで太腿に止めたんだ。

「ほら、おまえがいないから、寂しくなるといつもこれを聞いて眠ったんだよ」

カセットテープから女の喘ぎ声が聞こえてくる。

「こんな可愛い声で泣くんだ。聞こえるか？」

切なそうに息をまるめて、女は何か囁いてる。ああッ、あいしてるわ……あいしてるゥ……ガクガク震える子宮の底から、滲んで溢れるような恥ずかしい声。

「いや、いや、いやァー……」

私は膣にグニャグニャ回りだしたオモチャを咥《くわ》え込んだまま、彼のあとを追ってズリズリ床を這い回る。

「どうしたの？　そんな恰好でみっともないよ」

そう言うと、彼は足の裏で私の顔をさする。

シガレットケースからタバコを一本抜き取って、ゆっくり煙をくゆらしながら、ニタニタ笑って足の指で乳首を抓《つね》る。

ああッ、何て意地悪なんだろう！　いつまでもこの人と付き合っていたら、本当にオモチャにされちゃう。口もきけず目も見えず、愛液を垂れ流しながらウロウロ床を這いずって、しまいには足を置く台にも使えなくなって捨てられるんだ。

「よし、よし、わかったよ」

床にうつ伏したまま身をくねらせて、切なく足を舐める私の前に胡座《あぐら》をかくと、彼はまた唇が裂けそうなほどペニスをグイグイ突き立てた。そこじゃないのに、どうしてわかってくれないの……。ひたすら彼とセックスがしたくて、涙を流して一生懸命フェラチオすれば、彼は腰を浮かして深く溜め息を漏らし、ペニスをグビグビ波うたせる。

と、同時に鼻腔に飛び散るぐらい勢いよく精液が流れ出し、喉にネットリ絡みついたのを私が飲み干すのを見とどけて、彼はペニスを口から抜くと、それでピチャピチャ頬を叩いて笑った。

「おまえのエサはこれで十分だ」

ガックリ首を垂れて、私は震動に痺れきった下半身を眺めて思ったわ。

「やっぱり誰も私の気持ちなんかわかっちゃくれないんだ。優しくした分、いたぶられて、慰めようとした分、嫌われて、甘えたいと思った分、冷たく苛《いじ》められる。もう絶対に人となんか交わるもんか！　こんなホモのサドと私が合うわけないんだし！

あーっ、もう絶対に別れる!!　二度と会うもんかァ、嫌いだ嫌いだ、嫌い！　嫌い！　みんな大嫌いよ！」

それから私の対人恐怖症はますます悪化して、最近は郵便受けも覗きに行けない暗い性格になってしまいました。

どなたか、こんな私とレンアイしませんか？　私は舐めるのが大変得意です。お手紙ください。待ってます。

猛獣に惚れた女

受話器をとると懐かしい声が聞こえた。

「雅子、元気にしてたァ?」

四年ぶりのエリからの電話だった。

「相変わらずひとりみたいね。まァ、人のことは言えないか、フフフッ」

あんなひどいことをしておいて、よく言えたもんだ。その言葉をグッと飲めば、

「会いたかったのにィ、まだ怒っているの?」

彼女は甘ったるい声で囁く。この声に惑わされ、貪《むさぼ》り食われた男たちを私は何人見たことか。

大学二年の半年間、私たちはふたりで部屋を借りていた。十畳はあったエリの部屋は、いつも食い散らかし、脱ぎ散らかし放題だった。自分の部屋が隙間もないほど汚

れきると、彼女は私の六畳にやってきてネコのように寝そべってしまう。食事の用意から洗濯、掃除と、気がついた時には私は彼女の召使いになっていた。

男と別れ話をした夜には、彼女は必ず私に慰めの言葉を要求した。

「私って、そんなに薄情な女かしら。ひどいのはあの人の方よね、さんざん抱いて楽しんだくせに、『キミは女じゃない』なんて言うんだもん」

そうだ、エリは女じゃない。こいつは猛獣だ。誰も手懐《てなず》けることなんかできない。男が抱いたつもりになったとたん、こいつは男の心臓に食らいつくんだから。そう、ヴァギナがムシャムシャペニスを咥《くわ》え込むみたいに。そのまま血飛沫《ちしぶき》をあげてペニスを食い千切り、咀嚼《そしゃく》して生皮だけをペッと吐き出す。インポテンツにさせられる前に、彼女から離れようと思った男は賢明である。

そんなふうに心の底で頷《うなず》きながら、私はエリの柔らかな髪を撫で、いつもどおり気持ちのいい言葉を探す。

「自分が女の扱いを知らないって、自覚がないだけよ。そんな男、別れてよかったわよ」

もし男の方から別れ話が出なければ、どうなっていたか。またいつものように私を巻き込んで、グッチャグチャに引っ掻き回したに違いない。

ふたりで暮らし始めて四日めのことだ。バイト先から戻ると玄関に男の靴があった。男は連れ込まないという約束だったのに、あれは私ひとりの宣言だとでも思ったのか。

一歩踏み込むなり、のたうち苦しむような喘ぎ声が聞こえた。見ると、こうこうと明かりのついたエリの部屋は開け放たれて、引っ越しの荷物がダンボールの箱から溢れ出たままになっている。一瞬血がカーッと頭にのぼった。気がつくと私は、力まかせに自分の部屋の襖《ふすま》を引いていた。

エリは上半身を私のベッドから落とす恰好で、長い髪をグシャグシャにさせて男に股間をこすりつけていた。その白い太腿《ふともも》を両脇に抱えたまま、赤紫にぬめるペニスを半分エリに突っ込み、ベッドに座った男はそろりと顔を上げた。恍惚にトロけた目がニタッと私の顔にはりついた。私はバッグを男の顔面めがけて投げつけ、マンションを飛び出した。

行くあてもなく夜を明かしたのは、それが一回めだった。

「もうあんなこと二度としない。絶対よ、約束するわ。ねッ、信じて」

私が戻るなり、エリはポロポロ泣いて見せた。まさかあれが男と別れるための、都合のいい演出だったなんて、その時はまだ気がつきもしなかった。そう、私は甘かったのだ。

二度めはエリの誕生パーティーだった。

エリの誕生日は年に一度じゃない。男の数だけ誕生日がくる。それを計算に入れて数えれば、あの日彼女は喜寿のお祝いをしていたはずだ。

男を連れて帰るかもしれないと、事前に話は聞いていた。が、エリは誕生日プレゼントにもらった毛皮のコートを自分の部屋に放り投げるやいなや、玄関に待たせていた中年男を私の部屋に引っ張り込んだ。

酒豪の彼女がどれだけ飲んだのか、フニャフニャに酔っ払って私の隣にペチャンと座ると、熱い溜め息をついてしなだれかかってくる。そして指きりをするみたいに小指を突き立てて見せたかと思うと、

「このコねェ、佐伯雅子っていうのォ。私のコレ～」

と叫んで、真っ赤な唇で私の顔にブチュブチュキスを始めたのだ。慌てて腰を浮かした拍子に私は仰向けに引っ繰り返った。ドクンドクン波打つユリの蒸れかえった乳房が脇腹に押しつけられて、こっちまで熱くなってくる。中年男は縺《もつ》れあう女ふたり

に刺激されたのか、やおらコートを脱ぎ、背広を脱ぎ、ネクタイを外し、今にも飛びかからん形相でズボンのチャックに手をかけた。エリときたら私の腹の上でのたうちながらセーターまで脱ぎ始める。もうムチャクチャだった。

「やめて、やめてよ！　ふざけないでッ」

エリを抱えたまま、私はあらん限りの力を振り絞って、その中年男めがけてテーブルを蹴り上げた。何がどうなっているんだか、禿げかかった頭をテカらせて、中年男はストップモーションで言う。

「おまえらレズか。……見るだけでいいんだがな」

「出てって、出てってよッ」

喚《わめ》き散らす私に畏《おそ》れ入ったのか、すごすごと男が姿を消すと、絨毯《じゅうたん》の上に転がっていたエリは爆発するように笑いだした。

「バカッ」

私に言えるのは、それぐらいだった。あの時既に私は、彼女に心臓を半分食い破られていたのかもしれない。

受話器を握る手がじっとりと汗ばんでくる。エリは私の言葉を待たずに喋りだした。

「色々あったけど、今にして思うと、私たちバカだったわね」

彼女の中では、私も一緒にバカとして括《くく》られているらしい。いや確かに、あの半年バカバカしいほど私は真面目に彼女に付き合った。

「私ね、彼とはとっくに別れたのよ」

「……そう」

彼とは、私のたったひとりの男、なけなしの私のセックス相手だった島崎悟のことだ。

エリと暮らし始める二カ月ほど前、彼の練馬のアパートで、感激に震えながら私は久しぶりにセックスらしいセックスをした。それが島崎との初めてのセックスだった。バイト先で知り合った男とこんな関係になるなんて、用心深い私にはそれまで考えられないことだった。島崎が気さくで真面目な大学生だったことと、初恋の人と笑い顔がそっくりだったのが、何となく裸になってしまった原因かもしれない。もしあの時点で、エリとの共同生活が決まっていなかったら、私たちは一緒に暮らしていた可能性だってあった。引っ越し四日めの事件に遭遇していなければ、私はエリに島崎を紹介していたと思う。とにかく私は有頂天だったのだ。

彼女の男狂いを目の当たりにしたおかげで、私は島崎のことをいっさい喋らずに半年を過ごした。私はエリの魔の手から完全に島崎を守ったはずなのだ。それなのに、一体どうしてふたりができてしまったのか。あれだけ明けすけに、男関係を私にブチまけていたエリが、どうして島崎のことだけつゆとも顔に出さずにいられたのか。

バイトを休んだ島崎を見舞いにアパートへ行き、そこに女の気配を感じて、血相をかえて踏み込んだ。敷きっぱなしの布団の上には、たばこを咥えた素っ裸のエリがいた。

「あ〜あッ、見つかっちゃった」

ケロッとした顔でそう呟《つぶや》く同居人に、私は逆上してつかみかかった。エリは押し倒されながらヘラヘラ笑い、平手打ちをくって恍惚とした目で私を見つめた。

「好きなのよ、愛してるわ。わからなかったの、だからこうなったのよ」

エリは私を抱きしめた。こじあけられた唇の隙間から長い舌が忍び込み、甘い息が半分食い破られた心臓めがけて吹きかけられる。仰天したまま私は、自分が分解されてゆくような奇妙な感覚にとらわれていた。脱力した体はエリの細い指先の動きに喘ぎ始め、どんよりと濁った視界に、島崎とエリが交わる光景が映った。

あの夜、どうしてあんなことになったのか、今でも自分が信じられない。それが恐いから、もう二度と会いたくなかったのに……。

「あのね、今、すぐ近くからかけているの。これから行くわ、いいでしょ」

答える間もなく電話は切れた。

インターホンが鳴った。夢遊病者のようにドアを開ける。と、そこにはボストンバッグを下げたエリが立っていた。

エンドレス・パーティー

目が覚めた。頭がガンガンする。喉が渇いて起き上がろうとしたが身動きが取れない。しかも私は素っ裸だ。思わず叫びそうになる。男の太い腕が後ろからガッチリ私の体を抱え込んでいたからだ。

体を硬直させたまま、首だけそっと回して見る。薄暗い中で、背中に張りついた男の顔は、魚眼レンズで舐《な》め上げるように唇から鼻の穴にかけてヌワーッと広がって見えた。

——こんなヤツ、知らない。

焦って記憶を辿ってみるが、飲んで歌って踊ってまた飲んで、表参道をサチヨと歩いたあたりで、全てがブツッと切れてしまう。

パンティーがどうして脱げているのか、考えるだけで気が遠くなった。思わずタオルケットをたぐり寄せようとしてギョッとする。いつの間にかタオルケットは、ストライプ柄の羽毛布団に変身していたのだ。

——ここはアタシの部屋じゃない。

とにかく逃げなくちゃ。ソロリと起き上がろうとした時だ、眠っているはずの男の手が、私の腰をペタッと引き寄せた。お尻の割れ目に勃起したペニスが当たっている。ヒェ～ッと全身に鳥肌が立つ。チュルチュル首筋を舌がなぞった。

「ちょっと待って。ねえ、ダメ。やめて」

緊迫した状況とは裏腹に、妙に色っぽい声が出てしまった。自分の声に焦って、男の腕の中でじたばたもがけば、

「静かにして。サッちゃんが起きちゃうぜ」

言われる方向を凝視すると、テーブルの向こうのソファベッドの上で、サチヨが服を着たまま、いつもどおりベロンと大の字になって眠っているのが見えた。ホッとして体から力が抜けてゆく。

——なーんだァ。この男、サチヨをサッちゃんと呼ぶぐらい親しいんだ。

ギュッと閉じていた股間も弛《ゆる》み、男の指が陰毛の上をモソモソ這い回り出す。

そう言えば、ゆうべ彼女は私に男を紹介するようなことを言ってたっけ。クラブで

踊っている時に何人かに声をかけられて、すっかりその男たちと混同していた。

そうそう、明け方の表参道で男がふたり一緒だった。掌に溶けかけたチョコレートをのせて、男たちはそれを私に舐めさせたんだ。あの時、サチヨは怒っていた。男たちの遊びに加わらず、「バカ!」とか、「信じられないッ」とか喚《わめ》きながら、のろのろ後をついてきたんだっけ……。

掌を舐められて擽《くすぐ》ったがる男ふたりに挟まれて身を捩《よじ》らせてフラフラ歩いた、その記憶をうっとり思い返せば、男の指は陰唇を割り、ミゾをスリスリ撫でさすりだす。それがすっごく気持ちよくて、ハァ〜ンと声がもれちゃう。

寝起きの側体位って、いやらしくてとっても好き。パンティー穿《は》いたまま弄《まさぐ》られる方が、ホントはもっといいんだけど……。そんなこと思いながらウネウネ膣を捩っていたら、すっかりグショグショになっちゃった。

私は我慢できず背中をしなわせて、男の顔に指を這わせる。それに応えるように唇に舌をネジ込み、男は私の片足を脇腹に抱え上げる。ガチンガチンに硬く勃起したペニスを膣口に押しあて、亀頭でそこをヌルヌル捏《こ》ね回してから一気に深く突き刺す。

アウッと息が詰まる感じ。ドスンドスン突き上げられて、私は枕に顔を埋めて必死に声を噛み殺す。

　こすり合う間から太腿《ふともも》をつたって、粘液がこぼれていくのがわかる。そのあたりを冷たい手が、さっきから撫でたり広げたりしている。両方の乳房をワシ掴《づか》みにされているのを思い出して、私は飛び上がった。

　——手が、手が三本ある!!

　次の瞬間、私は髪を毟《むし》りつかまれた。枕から頭を引き剝がされると、目の前にはもう一本、赤黒く湯気をたてたペニスが息巻いていた。先端恐怖に思わず目を瞑《つぶ》って、カポッとそれを咥《くわ》えてしまう。

　予告もなく3Pは始まった。二日酔いの頭は、頭痛を通り越して祭り囃子《ばやし》のように幻聴幻覚で膨《ふく》れ上がってゆく。快感はマーブルに滲んで、ペニスで塞がれた口からもれる自分の喘ぎ声が、エコーがかかって誰か知らない他の女の声に聞こえる。それがとってもエッチで、ついつい本気で興奮しちゃう。

　股間に杭《くい》を差し込まれたみたい。まるで宙に浮いてる感じで体はグラグラ揺れ続ける。同時に口に差し込まれたもう一本が、息を止める勢いで喉の奥深くに突き刺さる。

　挿入していた男が、フェラチオしていた男に促されて立ち上がった。横になる男の体に跨《また》り、ペニスを膣に飲み込んで私は放心したまま腰を揺すり立てる。たばこに火をつけて、もう一人の男が私のお尻を撫でている。指が肛門を捏ね回す。力がスーッと抜けて私は男の胸に抱きついたまま、肛門を広げて愛撫にうっとり瞼を震わせる。

と、フワッとうぶ毛が逆立った。後ろの穴にヌルリッとペニスが潜り込み、全身にワラワラと痺《しび》れが走る。痛いどころか体そのものが消えたみたいに、ただ網の目に絡まる神経だけになって、私は恍惚に震えてしまう。

何がどうなっているのかわからない、手も足もないグニャグニャな生き物に成り果てて、私は粘膜を覗《のぞ》かせてただ心臓をパクパクさせていた。

フラフラしながらシャワーを浴びた。服を着て部屋に戻ると、男ふたりはポロシャツに短パン姿で、何もなかったようにコーラを飲んでいた。私を見上げるとニカッと笑う。揺り起こされてサチヨは目を瞬いている。

「何よ、三人とも、さっぱりした顔しちゃってさ」

寝ぼけた目をこすり、サチヨは不満そうに唇を突き出す。私は彼女の横にクニャッと座り、腕を絡めて頬にチュッとキスをする。

「腹が減っただろう。朝めし食いに行こうぜ」

男たちの後について、真っ赤なフィアットに乗り込めば、サチヨは思い出したように言う。

「きのう三人で仲よくしちゃってさ、ダブルデートなんかになりゃしない。ねえねえカオル、私の寝てる間に、どっちかとやっちゃったんじゃないでしょうね」

その言葉にあたふたしていると、助手席の男は伸びをする恰好で私を振り返った。目が合ったとたんズキンと股間が痺れちゃう。運転している男は、助手席の男を引っぱって前に向かせると、ハハハッと笑ってみせる。

「怒るな、怒るな。俺も徹も、カオルちゃんが気に入っちゃったんだもんな、しょうがないよ。サッちゃんは真面目だからな、もっとイイ男じゃないとさ。ところで、カオルちゃん、俺たちに気に入られて、とんだ迷惑？」

明るく聞かれて、3Pの魔の光景が蘇《よみがえ》り、私は恍惚にポーッとしちゃっう。黙って宙を見詰めている私の膝をキュッと抓《つね》ると、

「裏切り者！」

サチヨはキッと私を睨む。慌てて白い腕に額をすり寄せ、私は猫みたいに甘え声を

だす。

「ああん、違うのよ、誤解しないで。アタシはね、サチヨのことが世界中で一番好きなんだから、本当よ」

フンッと腕を振り解《ほど》かれて、私はますますデレデレクニャクニャしちゃう。

そりゃ確かに気持ちよかったけど、たまにペニスで体の内側からお掃除されるのは好きだから。でもね、サチヨが考えているみたいな、恋とか愛とか、そういうものとはゼ～ンゼン違うのよ。私のハートを独り占めにしてるのはサチヨなんだもの。サチヨが男に横取りされないように、私はこうしていつも体を張って阻止してるだけ……。

いつもと同じ、誰もそんなこと気づかない。サチヨは私の頭を乱暴に小脇に抱いて、流れる風景を子どもみたいに見てる。甘酸っぱい汗の匂いにクラッとしながら、私はそっと彼女の横顔を見つめる。フィアットはファミレスの駐車場に滑り込んだ。

ランチセットをパクつきながら、徹と呼ばれた男が、電話番号を書いた紙切れを私に渡そうとした。素早くそれを引ったくると、クシャクシャに丸めて捨てて、もう一人がきっぱり言う。

「三人で楽しくな」

その横からサチヨがふくれっ面で言い直す。

「違う。四人で楽しくでしょ」

恍惚に弛緩したオマンコだけが、嫣然《えんぜん》と三つの股間を眺めていた。

もう朝は二度と来ない

パーティーはそろそろお開きだ。二次会まで付き合った。彼は今夜どこに泊まる気だろう。終電はもちろん行ってしまったし、始発が動きだすにはまだ早すぎる。
さっきちょっと聞いてみたら、家は藤沢だと言っていた。まさか渋谷からタクシーで藤沢に帰ることはないだろう。山手線沿線に女がいるようなタイプには見えないし、きっとどこかの店で時間をつぶす気でいるに違いない。

†

「ゴルフ場や空港の建設ラッシュで、自然破壊が著しい。土地が死ねば海が死ぬ、海が死ねば生物は生きてゆけない。人間は自らの首を絞めている。このままでは我々も地球も死んでしまいます。皆さん、これから生まれる生命のためにも、私たちがしっかりと監視していきましょう。本日は、自然保護のための募金にご協力くださいまして、ありがとうございます」

パチパチパチパチ……。

今日のパーティーは、エコロジストが主催した募金集めのパーティーだった。会場では精力が溢れて収拾つかないような肉食獣タイプと、高原の白樺みたいに無口な草食獣タイプとが、絶妙な距離をとって歓談していた。

私みたいな好奇心旺盛な女は、本性を剝き出せばもちろん肉食獣に決まっている。だが黙ってニコニコ話を聞いているだけだと、どうも可愛いバンビに見えるようなのだ。

それが証拠にさっきまで、白髪まじりの髭モジャモジャのヒグマみたいな顔をしたオッサンが私の横にピタッとくっついて囁き続けていた。

「君は山は好きか。山はいいぞ、雪山は男そのものだ。静寂に抱かれると自分が見える。肉体に血が巡るのを感じる、生きている実感だ。それが喜びになる。わかるか」

芋虫みたいな指が、私の腰をワシ摑《づか》みにした。あのまま拉致《らち》されていたら、きっと私は自分のマンションにオッサンを上げるはめになり、夜が明けるまで死にそうなほど、フェラチオやらアナルセックスやらやらされていたに違いない。

「連れがいますから」

毛むくじゃらの腕を振り解《ほど》いて私が言うと、オッサンは露骨に落胆した顔を見せた。そんな顔してもちっとも可愛かないんだよ。男純情を振り翳《かざ》すのは、せいぜい二十歳までにしてほしい。私は内心せせら笑いながら、顔ではニッコリ微笑んで、オッサンに背を向けた。そしてパーティーが始まった時から目をつけていた若い男に駆け寄り、声をかけたのだ。

穏やかそうな端整な顔。着ている服は、エコロジストにしては珍しくブランド物の高級品だ。それもさり気なくおしゃれに着こなしている。胸に付けた名札には塚田俊樹とあった。私以外に女が二人、さっきからしつこく彼に話しかけている。

「塚田さんって若いんでしょ。いくつなの」

サングラスで目尻のシワを隠した三十女が、粘りつく声で聞く。

「いえ、二十五ですが」

何と!! 私より、三つも下じゃないか。いや、そんなことかまうもんか。ここにいる私より若い女といったら、あそこのテーブルで五目煮込みを掻き込んでいるデブぐらいなもんだろう。

私は彼から海が好きなことを聞き出した。スキューバ・ダイビングを知らないオバサンたちには、チンプンカンプンな話を楽しく喋る。そうやって印象づけて、私は彼を残してまたしばらくパーティー会場を浮遊する。

人込みの中から塚田俊樹を眺めると、オバサン二人に挟まれて本当に困った様子で立ち尽くしていた。私はウィスキーのグラスの端から、そっと彼を観察し続ける。年配の男が何やら彼に話しかけてきた。オバサン二人が牽制しあいながら、男たちに気をつかってちょっと場を移した。その隙に、私は思い出したように彼の前を通り過ぎる。

塚田俊樹は私に気づく。私は微笑み、彼の分のグラスを持って戻る。ホッとした顔でグラスを受け取ると、塚田は自嘲的な笑いを浮かべた。

「こういう席には慣れていないんです」

それでいい。だから目をつけたのだ。もうこの男は私のものだ。

二次会が終わって、歩道に溢れた人の中から塚田俊樹を引っぱり出す。

「私の部屋にいきましょう」

あまりにストレートに誘い過ぎたのだろうか。年下の男は、「えッ」と聞き返そうとして慌てて言葉を飲み込んだようだった。だが困っているにしちゃ、妙にソワソワしている。

そうだ、難しく考えることはない。リラックスできる場所で、お互いをもっと知り合うだけのことだ。ネオンの明かりにニンマリ顔を弛《ゆる》ませて、私は通りかかったタクシーを止める。開いたドアに獲物を押し込み、その横に体を滑り込ませる。

†

マンションのドアを開けると、二十畳のワンルームが広がっている。室温はきっちり二十三度に保たれている。キッチンスペースとベッドのコーナーを仕切るパイン材の柵の上には、大型のアクアリウムがセッティングしてある。

たいていの男は、この部屋に入るとまずその中を覗《のぞ》き込む。塚田俊樹も暗い部屋の隅にあるエメラルドグリーンの光を放っている水槽を不思議そうにじっと見つめていた。

穏やかで優しそうに見えた男の顔が、この光の中で見ると彫刻みたいに冷たい表情に変わる。まるで死んでしまったような顔。その首に両手を絡ませる。指の先が頸動脈に触れる。

驚いたように男は私を見る。薄い唇に舌を滑り込ませる。男の指がおずおずと私を抱きとめる。私はその手を握って、もっと縛るように抱けと、背中で腕がクロスするぐらいギュッと体を摑ませる。

乳房が男の背広に当たり、恥骨が男の太腿《ふともも》をさする。我慢できずに私は男を脱がせにかかる。黙ったまま作業を続ける私を、さっきと同じ不思議なものを見るような目で男は眺めている。

上半身を裸にし、滑らかな筋肉のついた肌を指の腹でこする。そのまま左手をズボンの中に滑り込ませる。トランクスの縁を指で押し上げ、硬く勃起した亀頭をそっと撫でる。

男は私の髪を毟《むし》って呻いた。私は顎をのけ反らせ、薄く開いた唇から言葉を舌にのせる。

「ねェ、ねェ、あのアクアリウムの中に何がいると思う?」

そう囁きながら指先でカリを弄《まさぐ》り、濡れ始めた尿道のミゾをこすり上げる。右手でベルトを外し、ズボンを落とす。

「淡水魚だろう、ネオンテトラやグッピーじゃなさそうだな」

そう答えて男はアクアリウムの方に目をやろうとする。私はペニスをしごきながら男の顎に唇を這わす。

その唇をすくい上げるように、男はもう一度唇を重ねる。ワンピースのスカートを引っぱり上げると、キスをしたまま小さなパンティーの中に両手を突っ込む。持ち上げるようにして尻の肉を揉《も》むたびに、スカートが陰茎に引っ掛かって裾が少しずつずり上がってゆく。

男の指は肛門をなぞり、肉を開くようにして濡れそぼった膣口に滑り込んでくる。中をゆっくり掻き回して、指の腹が直腸の裏のあたりを押す。私はたまらなくなってその場にしゃがみ込んでしまう。

男は冷たい表情のまま私を見下ろすと、青紫に怒張したペニスを私の鼻先に擦りつけた。熱くトロけそうな先端から、脂身の匂いが立ちのぼっている。

仁王立ちの男の股間に顔を突っ込む。舌を伸ばして太腿の付け根を舐《な》める。瞼の上に睾丸がのっかっている。私は嬉しくてそこらじゅうに唇を這わせ、玉を口に吸い込み、舌で撫で回し、指でこすり上げる。

と、男はいきなり私の襟首を掴み、まるで猫でも引っぱるように私を引きずって、ソファのところに連れて行った。そこにドッカリ腰かけると、

「早く服を脱いでくれよ、俺の体、好きなようにしていいからさ」

そう言って目をつぶる。

言われたとおり裸になって乳房を男の脚に押しつけながら、蛇のように舌を動かす。男の溜め息が聞こえ、指が私の髪を梳《す》く。私は横目でアクアリウムの方を見る。

水草が光合成を行なって酸素を供給し、バクテリアが水の汚れを防ぐ仕組みになっているこの水槽には、あのうるさく泡を噴き上げるポンプが必要ない。エメラルドグリーンの水中に銀色の魚の影が見える。

(いい子にしていてね。後で餌をあげるから)

そう心の中で呟《つぶや》いて、私はペニスを握り、男の膝の上に跨《また》がる。ねっとりと触手を広げて膣が肉棒を咥《くわ》え込む。

ああッ、美味《おい》しい……。

腰が勝手にくねりだし、私は呻く男の唇に乳房を押し当てる。赤ん坊のように乳首

にしゃぶりつく男の首に指を這わせ、ソファの背からセットしておいた針を抜き、耳の後ろ、頭蓋骨の下、頸椎《けいつい》まで突き通るように角度を確かめて一気に肉を突く。

†

夜が白々と明けてゆく。

エメラルドにゆらめく水の中で、銀色の鱗《うろこ》を光らせて丸い可愛いピラニアたちが赤い肉の塊に群がっている。

始発電車は、もうあの男の体の上を通り過ぎただろうか……。

仮面天使たちの宴

道雄とのセックスって、死ぬほどマンネリで厭《いや》になっちゃう。挿入されたまま眠りそうなほど退屈なの。

でもイイところのお坊ちゃまだから、せっかくの玉の輿を蹴るのはちょっともったいないしね。それで他の男と遊んだりして憂さを晴らしているんだけど……。

この間なんか、ナンパしてきた男が本気になっちゃって、

「俺と、その道雄ってヤツと、どっちを選ぶんだよ。はっきりしろよなッ」

なんてセックスしながら怒りだすんだもん。

最初はね、言葉でいたぶりっこしてるんだと思って、「イヤ〜ン、そんなのアナタにきまってるじゃな〜い」って感じにクネクネ気持ちよくやってたの。

そしたらホテルから出ても、マジな顔して、

「おまえはもう俺の女なんだから、そいつとは二度と会うな」

なんて言うんですもん、バッカみたい。

売人やって金には困らないって自慢しているチンピラと、ゆくゆくはお父様の会社を継ぐ身の道雄と、どっちを選ぶなんて最初からお話にもならないのにね。

でもそんな目に遭ったせいか、遊ぶのも何だか面倒に思えてきちゃって。だけど何とかして遊ばなきゃ。このまま結婚して永遠に眠ってるみたいなセックスしか味わえなくなったら、もう考えるだけでゾッとしちゃう。あーんッ、だけど、どうしたらいいのかしらァ。

で、私、思いついたんだ。前々から、セックスするたびに、道雄にけしかけていたんだけど。そう、こんなふうにね。

「ねェ、私が他の男に犯されているのを見たくない？　あなたの目の前で、私のここに他の男のペニスがねじ込まれるの、見たいと思わない？　ねッ、感じるでしょ、それってすっごく切ないでしょ、道雄のこと愛してるって、私、きっと泣きだすと思うの」

仰向けに体を投げ出す道雄の上に跨《また》がって、ペニスを根元まで膣に埋め込んで、私は恥骨をこすりつけながら耳たぶを舐《な》めるようにして囁いてやるの。

道雄も初めは驚いたように私を見あげて、

「やだよ、やめてくれよ」

なんて言ってたけど、最近じゃ、犯されてる私を想像するだけで、二、三度腰を振り立てれば、もうイッちゃいそうになるほど感じてるんだもん。

この間も、私にオナニーさせて見たり結構変態っぽい気分を楽しんでたしね。きっとお膳立てしてあげれば、やる気は絶対にあると思うんだ。

「ねッ、ホテルのスイートを借りて、お友達を呼んでパーティーしましょうよ」

いつもの百倍気持ちをこめて、道雄のペニスに舌をからめる。

「いいけど、何のパーティーだい」

私の言うとおり、四つん這いになってお尻をこっちに向けた恰好で、道雄は聞く。

「そうね、秘密のパーティー。ロシアンルーレットみたいに、自分で自分に引き金を引くゲームをするの。もちろんピストルじゃなくて、カードをめくるんでもいいし、シェイクした缶ビールを使うんでもいいわ。それで当たっちゃったおバカさんは、みんなのオモチャになるの。どう、面白そうでしょ?」

道雄は私の話を半分も聞かないうちに、呻き声をあげ始めた。話している間、私は道雄の股間に手を突っ込んで、後ろからペニスをしごき続けていたの。もちろん時々舌でタマタマを舐め回して、指は優しくお尻の穴を揉《も》みしだいてあげながらね。

「どう、いいって言って。パーティーには、御津沢さんと、それから杉丸さんを誘ってちょーだい。ねえ、いいでしょ、ねえったら、聞いてるの？」

道雄はもじもじお尻を振っている。私は返事がないから、パッと手を離しちゃう。

「ひどい、ちゃんと答えてちょうだい」

媚《こ》びる目をして肩越しに振り返ると、道雄は情けない声をあげた。

「頼む、もう一度やってよ。何してもいいからさ。パーティーだろう、瑠璃子の好きなようにしてかまわないよ」

思わず笑いが込み上げちゃう。私はもう一度、もっとリズミカルに二箇所を愛撫する。

「ああッ、最高！　気持ちいいよ。瑠璃子、穴に、穴に指を入れてよ」

「さっきの約束、絶対に守るわね。御津沢さんと、杉丸さんを招待するって、誓う？」

「ああッ、わかった。誓うよ。誓うから、早くやってくれ」

右手でペニスをしごきながら、左の指ですっかりほぐれたお尻の穴を押し広げる。ポッカリ広がった穴の中に、焦《じ》らしながらゆっくりとローズレッドの口紅をねじ込む。

もちろん指なんて使わないわ。そこまで道雄を愛してないし、それにほら、口紅のピンクがお尻の穴にとっても似合って、ウフフッ、きれいなんだもん。

御津沢秋俊とは、前に一度だけホテルに行ったことがあるの。もちろん道雄には内緒でね。彼も大金持ちのお坊ちゃまだけど、道雄と違って、不動産屋の成金パパの息子だから、すれっからしの遊び人。まァ、だから割り切って遊べたんだけど。

「道雄なんかやめて、俺に乗り換える気はないの？」

って、私のアソコをしゃぶりながらフェラチオさせたりして。

女なんか腐るほどいるくせに、私が遊びと割り切ってセックスしているのがきっと気にくわなかったのね。テクニックを駆使して、私のことを虜《とりこ》にしようとしたみたい。

確かにすっごくよかったわ。だけどまともに付き合おうなんて、男遊びしてきた私が思うわけないじゃない。付き合うなら、正真正銘のボンボンでなきゃ。育ちのいい男って、素直でちょっと抜けていて、自分の愛したものは絶対に疑わない、人の良さってのがあるよね。そこがイイから道雄が手放せないの。

もちろん、そんなこと御津沢には言わなかったけど。でもセックスフレンドにするなら、御津沢ほどいい男はいないわ。ただ一対一は、お互いすぐ飽きると思うの。道雄に内緒にしておいて、バレちゃったら恰好悪いしね。

こういうパーティーに誘って、一度道雄の目の前でやっておけば楽でしょ。それから御津沢とふたりで、3PやらSMやらパーティーを開いて楽しもうと思っているわけ。

杉丸清臣は、こっちは完璧なお坊ちゃま。だけどオドオドしていて、女がイタズラしたくなるタイプなのよね。まさか童貞じゃないと思うけど、きれいな顔してお行儀がよすぎるんですもの。引きずり回して、グチャグチャにしてやりたくなっちゃう。

きっとこのふたりと私と道雄なら、どんなふうにも楽しめると思うわ。ああッ、楽しみ。ちゃんと遊び道具もセットで用意しておかなきゃ。

パーティーが始まる前に、何となく御津沢にゲームの中味を打ち明けておいたのが効いたみたいだった。

《裸になる罰》では、もちろん私がシェイクしたビールを引き当てて、泡だらけのワンピースを、泣くふりをしながら脱いで見せたの。そしたら、御津沢ってば、

「脱いだら、オマンコ、みんなに見せなきゃ意味ないよ」

なんて、もうそれだけで感じちゃうような言葉を口にするんだもん。杉丸なんて顔真っ赤にしちゃって。裸でアソコ見せてるのは私なのに、ウフッ、可愛いヤツ。

心配したんだけど、道雄もシャンパンを一気飲みして、平然を装おうとしているし。

あぁッ、みんなに見つめられて、もう最高に感じちゃう。

次の缶ビールは、《オマンコを舐める罰》。道雄にだけは引いてほしくないと思ったら、御津沢は知っていたのか、その缶を杉丸に渡したのね。

既にビールで濡らした顔を、私のアソコでもっとベチョベチョにさせて、ひょっとしたらブリーフの中も濡らしちゃってたりしてね。道雄はと見たら、股間は完璧に勃起していて、今にもチャックを下ろしそうな顔してる。

三本めのビールは、ついに期待の《オマンコする罰》。三人ともすっかり目の色が変わっている。目の前で、私がオナニーして見せたせいかしら。だって、とにかく早く入れてほしかったんだもの。

ほとんどビールを奪いあうようにして取ったから、どれがシェイクした缶だかわからなくなっちゃって、すかさず御津沢が、「ああ、俺だな」って、ズボンを脱いじゃったの。

彼の押しの強さに、道雄も杉丸も出遅れたらもう何もできなくなっちゃったみたい。アルコールで弛《ゆる》んだ顔で、茫然と私と御津沢のやっているところを見ていたわ。何だかそれが可哀相で、私はバックから突き上げられながらヒラヒラ二人に手招きしたの。杉丸に私の揺れる乳房をいじらせ、道雄とは死ぬほど気持ちいいディープキスをして。

気がついたら、みんな裸になっていた。私は顔に跨られて、唇にも膣にもペニスを咥《くわ》え込んでいたわ。もちろん手でもしごいてあげた。何度も何度も恍惚に浸って、一晩中、代わり番こにセックスしたのよ。道雄のことをこんなに愛《いと》おしいと思ったことはないわ。本当に素晴らしいパーティーだった。

そして翌日、ホテルからの帰り道、道雄は突然思いついたように、私にターコイズのネックレスを買ってくれたのよ。

「この石の力は、宇宙との一体感なんだ。瑠璃子、愛しているよ」

その時は、まさか道雄のお尻の穴が、杉丸のものになっていたなんて、私はちっとも知らなかったの。

言葉なんていらない

夕暮れの日差しが高層マンションの窓を照らす。すぐ下を流れる荒川は、いつもの鉛色に重くうねる川面をオレンジ色に染めている。ガラス窓はシャーベットみたいに冷たい。

「ねえ、こっちにおいでよ」

リリカはシルクのシーツに身を投げ出し、首からパールのネックレスを外すと、ヒラヒラ私に手招きする。

男が置いていったに違いないバスローブをハンガーから引きずり落とし、私はそいつの背中を踏みつける気分で、床にこぼれたワインを拭く。今度の男は一体どんなヤツだ。リリカには男が必要だということに、今ではすっかり慣れたはずだが、それでも男の匂いを嗅ぎつけると無性に腹が立つ。白いタオル地に赤く染みが広がり、私はイライラと足で布を丸め玄関先に蹴り飛ばす。

「ねえったら、ああんッ、早くきて……」

リリカは甘え声をあげて、ネックレスで剝き出しの腹を撫で回してみせる。私はたまらずベッドの下に蹲《うずくま》り、彼女の脹《ふく》ら脛《はぎ》にしゃぶりつく。

リリカといると、時が伸び縮みして夢の世界にいるような気分になる。夜中だろうが昼間だろうが、抱き合ったまま眠って目が覚めれば唇を吸い合い、クリトリスを擽《くすぐ》り、乳首を転がし合う。リリカの白く滑らかな肌、柔らかいクリーム色の下腹部にスーッと舌を這わせて、黒く輝く陰毛に顔を埋める。私の黒猫、真っ赤な舌をチョロッと覗《のぞ》かせ、男の愛撫を待つ憎たらしい黒猫。

そこに鼻先をこすりつければ、身をよじらせてリリカはハート型の息をもらす。私の指はピンク色の唇に吸い込まれ、柔らかな舌に包まれる。もう一方の手で、リリカの下の唇を愛撫する。両手の指先が、トロけるような肉の感触に卑猥な音をたてて狂喜乱舞する。

「リリカのこと、世界中で一番愛してるのは誰?」

耳たぶをやんわり嚙みながら囁けば、

「咲ちゃん……」

フニャフニャと笑ってリリカは答える。そして満足して体を擦り寄せる私に、クイッとお尻を向けると、

「それと、正幸と、タッちゃんと、サトルと」

リリカは男たちの名前を数珠玉《じゆずだま》のように繋《つな》げてゆく。

私は桃色に裂けた割れ目に手を差し込んで、ケラケラ笑って震える細い体をガッチリ抱え込み、クリトリスを捏《こ》ね回してやる。

「だって、正幸のは太いしィ、タッちゃんはテクニシャンだしィ、サトルは言葉遊びが上手《うま》いしィ……」

こんなにこんなに愛しているのに、私の気持ちなんかおかまいなしにリリカはベラベラ男の話を続ける。

ワンルームマンションの同じ階に、こうして私が引っ越してきたのは、リリカの男関係をトラブルなく処理してやるためなのに。人の苦労も知らないで。

†

「義一も博信も、そろそろ飽きたわ」

リリカにもしこんなことを言われたら、名前をあげられた男たちは、この部屋からふたつ先の私の部屋に流されてくる。

「あいつが話せないことって、一体どんなことなんだよう」

リリカに冷たくされて困惑顔の男に、私は真面目に答えてやる。

「別にね、大したことじゃないんだけど。彼女、本当はレズビアンなのよ。あなたと付き合ったのは気の迷いってヤツ」

大抵の男は、この一言じゃ納得しない。

「俺はいいよ。あんたが恋人だって言うなら問題ないもん。男が相手じゃ腹が立つけどさ、いいよ、あんたなら気にしないよ」

そういう間抜けには、はっきり言ってやる。

「あたしが気にするのよ。いい、もう二度と彼女に会わないで！　もちろん部屋にだって行かないでちょーだい」

だが言葉が通じないのか、彼らはキョトンとした顔をするだけだ。惚れるってことがわからないオメデタイ連中に、いちいち取り合っている暇はない。その鼻面めがけてバタンッとドアを閉めてやる。それでもわからない男には、どんなセックスをされてリリカがどんなに退屈だったか、二度と勃起できないように具体的に話して聞かせてやる。

そうやって男たちを追い払ったご褒美として、リリカは私の部屋で数日過ごすことになる。私がいるからこそ、それまで悪い女呼ばわりされてきたリリカも、罵詈雑言《ばりぞうごん》を浴びずに男たちときれいさっぱり別れることができるんだ。そりゃ中には、結婚話を持ち出して、「リリカをレズの世界から救い出す」なんて、私に挑戦状を突きつける男もいたが。

確か、高梨という三十男もそうだった。

†

「あいつはどうした？　諦めた？」

リリカはぐったり体をベッドに広げると、サイドテーブルのシガレットケースに目をやった。私は手を伸ばし、中から一本抜いて火をつけて渡す。

「あたしは本当の愛を知らないんだ……って」

細く煙を吐いて視線を宙に漂わせる。

「この間ね、駅前で待ちぶせされたのよ。それでドトールコーヒーに引っぱり込まれてさ、『一生君を守る』だって。こんなのくれるんだもん」

そう言うと、さっきまで腹をさすったり膣に滑り込ませていたパールのネックレスをゆらゆらさせる。私はムッとして、リリカの手からそれを毟《むし》り取った。

「何様のつもりよッ。何もわかっちゃいないわね。こんな安物でリリカのこと、一生守れるわけないいじゃない。よく言うよッ、全く」

その時だ、電話がビリビリ鳴りだした。受話器を取り、リリカはチラッと私を見上げる。

「えッ、そう。いいけど……今、咲ちゃんが来ているの。うん、わかった。待ってるわ」

電話をきってリリカはペロッと舌を出す。

「噂をすれば、何とやら」

私はガバッと彼女を組み伏す。

「まさか、嘘でしょ、これから高梨が来るなんて、冗談じゃないわよ」

その言葉を言い終わらぬうちに、ポッテリした唇を重ねてリリカは舌を絡ませる。

何を考えているのか、キスをしたまま指にクルクルとパールのネックレスを巻いてみせる。

†

チャイムが鳴って、リリカは裸にシャツを引っかけるとパタパタ玄関に走り出た。ドアを開けると、高梨は青白い顔を強張《こわば》らせてケーキの包みを差し出した。

「お邪魔します」

本当に邪魔なヤツだ。そう心の中で吐き捨てて、私は全裸のままベッドに腹這いになる。私の姿にたじろいだのか、高梨は部屋に入るなり、リリカの後ろを追うようにミニキッチンに隠れた。何やらモソモソ話している。

「こっちにお座りになれば。あたしにもお話があるんでしょう」

やっと私の方を向くと、太った体を縮こまらせて男は床の上に正座した。リリカは紅茶のカップとケーキ皿をテーブルに並べながら、いつもの無邪気な微笑みを浮かべて言う。

「咲ちゃんも、もう一度あなたに会いたいって。ねえ、そう話してたところだったのよね」

私は、間違ってもそんなことは言ってない。

「だから緊張しないで。三人でちゃんと話し合えば、いい結果が出ると思うから」

いい結果は、こいつが金輪際リリカの前に姿を現さないこと、それしかない。だが高梨は何を勘違いしているのか、リリカの言葉に正座を崩してネクタイを緩《ゆる》めると、ホッとした表情で紅茶を啜《すす》り始めた。リリカも高梨の背広を脱がせ、ぺったり横に腰を下ろす。焦って私はベッドから飛びおりる。体にシーツを巻いて彼女の横に座った。

「咲ちゃんって、男の人の体を知らないの。処女なのよね」

そんなことを言いながら、リリカは高梨の股間を揉《も》み始める。

「ねえ、彼女、可愛いでしょう」

ズボンのジッパーをおろす音がする。私からは見えないところで、リリカの細い指がブリーフ越しにペニスを弄《まさぐ》っているんだ。

高梨は目尻を下げたまま、じっとリリカの唇を見つめている。

「あらァ、もうこんなに大きくなっちゃって」

高梨はされるがままに腰を浮かせて、ブリーフごとズボンをおろした。同時に、リリカがねっとり唇を重ねる。薄いシャツの中で男の指が動いているのがわかる。私はカッとなって、シーツに足を絡ませながら二人に躍りかかる。

高梨を押しやって、リリカの体にしがみつく。息が詰まるほど彼女の唇を吸う。約束が違うじゃないかッ。私たちがどんなに愛し合ってるか、この間抜けに見せつけるはずだったのに、何でこんな男に唇を犯させるんだ!!

縺《もつ》れて絡み合う女二人を粘っこい目で見下ろしていた高梨は、捩《ねじ》れる体の合わせ目に分厚い手を差し込んだ。そのとたんリリカが私の体に覆い被《かぶ》さる。私の視界から男の姿は消えた。ただ私の手とリリカの手の愛撫以外に、重なった股間のあたりで何かが蠢《うごめ》いているのはわかったけど……。

「あッ、あッ、あッ、いいィ、感じちゃう。ううッ、フ〜ッ、いいわァ」

そのうちリリカが、髪を振り乱して喘ぎ始めた。私の体の上で彼女の体がリズミカルに弾みだす。そっと下に手を伸ばす。と、彼女のパックリ開いた膣に、濡れた何かが滑るように抜き差しされているじゃないか！

いつも私の愛撫に薔薇の花びらみたいにめくれ上がって充血する膣が、ペニスを飲み込んでパンパンに膨《ふく》れていたんだ。

「イヤよ、いやいやいやァ～……」

そう泣き声をあげたとたん、リリカの舌が口の中に飛び込んできた。乳首に吸いつく赤ん坊みたいに、私の泣き声は止まってしまう。そして次の瞬間、私の股間を弄っていたリリカの指が、硬い異物にすり替わった。

ヌルリッと何かが入り込む感覚に、全身が震えだす。さっきまでリリカの膣を捏ね回していたペニスが私の下腹部に埋め込まれ、内臓をこすり上げている。男を払いのけたくても、私を抱いてキスしている相手はリリカなんだ。下半身だけが、いつもとは違う感覚に犯されている。愛している女の匂いと疼《うず》く膣に、身も心もビリビリ痺《しび》れて、だんだん意識が遠のいてゆく。

†

「咲ちゃん、愛してる。ああッ、愛してるわ」

リリカの声がハープを奏でるように、私の鼓膜を優しく撫でた。

「いやよ、もういい。あなたじゃダメなの」

リリカの声と男のくぐもった声が、マーブルになって聞こえてくる。重く垂れこめた靄を払うように、私はどうにか目をあける。リリカに抱きしめられて、ベッドに横になっていた。男はこっちにクマのようなモッサリした背中を向けて、モゾモゾ服を着ている。

「おまえら、勝手にやってろ」

バタンッとドアの閉まる音がして、男は出て行った。リリカはフーッと溜め息をつく。

「これでもう待ちぶせされることもないわ」

濡れてキラキラ光るパールのネックレスを拾い、ダストボックスにそれを投げ入れる。そして私の顔を覗き込むと囁いた。

「あたしのこと、まだ世界中で一番愛してる?」

答えるかわりに、私はリリカのピンク色の唇を子犬のようにペロンと舐《な》める。

寝顔は優しい

ドアを開けると、完熟ドリアンみたいな臭いを放って塚原が雪崩《なだ》れ込んできた。ベロンベロンに酔っ払っている。私を抱きしめるやいなや、大きな犬のようにレロレロ顔中を舐《な》め始めた。舐めながら、素早く私のパジャマのズボンを引き下ろす。冷たい尻を両手で抱え上げると、蟻の触角みたいにワサワサ指先を蠢《うごめ》かせて、塚原は優しくミゾを撫で回した。

玄関で立ったまま入れようというのか、ガブリと首筋に噛みつき、前屈みの恰好でズボンのチャックを下ろす。

こんなふうに私を抱こうとする時は、必ず他の女を抱いた後なのだ。汗で湿ったその背中を思いっきりポカスカ叩いて、私は必死に抵抗してみる。それを面白がるように、勃起したペニスときたら、ますます硬くいきりたつ。私を抱き上げると、塚原は一気にペニスを突き立てた。抱き方は強引なのに、入れられたとたんに私の体は恍惚にワシ摑《づか》みにされ、腔腸《こうちょう》動物みたいに穴を広げてうねりだす。

マンションの一室が、みるみるセックスの臭いで熱く蒸れて、私の体は塚原にされるがままグニャグニャに溶けてゆく。


「今夜は泊まっていってくれるの」

ソファに寝そべる塚原の胸に、そっと唇を這わせて囁けば、大きな手がゆっくりと私の頭を撫でる。YESでもNOでもない。

「ここに来るまで、誰と会っていたの」

と、喉元まで出かかった言葉を飲み込んで、半分眠っている塚原の股間に指を這わす。

ずっしり重いペニスが、どこかの女の裂け目に突き刺さる……その光景がとめどなく広がって、嫉妬の感情がザワザワ波立ち、私はたまらずペニスを咥《くわ》えてしまう。口の中で膨《ふく》らみかけ、機械的に反応するのが切なくて、思わず涙がこぼれそうになる。

「やめろ、くすぐったいよ」

そう言ってじゃれつく私を押しやると、塚原はフラリと立ち上がってベッドに倒れ込んだ。片手をヒラヒラさせて私を呼ぶ。痺《しび》れる下半身を引きずるようにして、その横に蹲《うずくま》れば、塚原はもう寝息をたて始める。

眠りかけた時だった。サイドテーブルの上で電話が鳴った。

「ねェ、ユリちゃん、塚原さん、どこにいるか知らない？　どうしても連絡とりたいの。急ぎの用なのよ」

吉川なつみからだった。塚原と組んでいた仕事は終わったはずなのに、ずいぶん切羽詰まった声をあげる。

「こんな時間に何ですか」

寝ぼけ声で意地悪く答えれば、

「まさか、そこにいるんじゃないでしょうね」

と、なつみの声はキーッと引き攣《つ》る。

なつみが塚原の気まぐれに振り回されているのは知っていた。モズの速贄《はやにえ》という言葉があるけど、引っ掛けられてそのまま放りっぱなしにされている女が他にも大勢、身動き取れなくなってあっちこっちで悲鳴をあげているのだ。しかし塚原は、闘牛士のように優雅にナルシスティックに残忍に、泣きながら追ってくる女の情念をかわす。そして、それが楽しくてしょうがないくせに、さも鬱陶《うっとう》しそうに言う。

「馬でも牛でもやらせりゃいいってのにさ、女はそうはいかないからな、すっごく疲れるんだ」

こんな人非人に純情を盗まれて、眠れない夜を過ごすなんて、吉川なつみは可哀相。だが、よくよく考えてみれば、塚原は何もひどいことはしちゃいない。ひどいことをするどころか、彼はテクニックの限りを尽くして女たちに恍惚の時を提供する。しかも、ただ肉欲を満たし合うだけじゃなくて、恋愛という蜜をたっぷりぬり込んで、女たちの身も心もトロけるように揉《も》みほぐすんだ。人間マッサージ機だとしたら、性能はかなりいい方だと思う。

それなのに一生懸命奉仕したあげく、泣かれて横っ面をはられたり、しつこく追い回されて待ち伏せにあったり、無言電話やら脅迫めいた手紙を受けたり、塚原じゃなくたって逃げたくなるような、とんでもない目に遭っているんだ。

私は塚原の寝顔を眺めて、

「どうしたんですか、塚原さんと何かあったんですか」

ととぼけてみせる。吉川なつみは腹立たしげに何か呟《つぶや》くと、投げつけるように電話をきった。

三年前の雨の夜、初めてここへ来た日、塚原はヨレヨレの背広をぐっしょり濡らして、まるでハンターに追われた野兎みたいに脅えていた。

「もう女はいい、女はいらない」

シャワーを浴び、バスローブに着替えてソファに蹲る姿は、お仕置された子どもみたいだった。なつみ同様、それまでさんざん振り回され、切ない恨みを抱えていた私は、あの夜、赤ん坊みたいに乳房に吸いつく塚原の頭を撫でながら思った。

——私は一体、この男をどうしたかったんだろう。

抱き合っていても何もつかめない関係。それがおかしくて悲しくて、ニヤニヤ笑わずにはいられなかった。

——どうにもなりはしない。そんなことはずっと前からわかっていたはずじゃないか。瞬間でも気持ちよくなれれば、おトクというもんだろうに。いつの間に、それが持続するなんて思い込むようになったんだろう。

乳房に吸いついていた唇が、うなじを伝い耳たぶを嚙む。うっとりと体を預けて、私は絶望の淵を覗《のぞ》き込んでいた。そして不思議なことに、どうにもならないことを思い出して、実はホッとしたのだ。

今夜も塚原の体にピッタリ寄り添って目を瞑《つぶ》る、このまま夜が明けないことを祈りながら……。

だまされ上手

ミチルちゃんから電話がきたのは、お昼の食事を終えたすぐ後だった。

「ねェ、今あたしのところに男の人がふたり遊びに来てるんだけど、綾子も今からすぐこっちに来ない？　アルファロメオのオープンカーで迎えに行くって言ってるんだよね」

「ふーん、ミチルちゃんちまでドライブかァ、お天気いいから行っちゃおうかなァ……」

夕方までに彼からデートの誘いの電話がくることになっているのに、その前にちょっとだけ遊びたくなっちゃったのは、昨日までのジトジトのお天気がカラリと晴れて風もサラサラ気持ちよさそうだったから。それにやっぱりアルファロメオのオープンカーでお出迎えってのがとても魅力的だったのよね。

「でも夕方には正人君から電話がくることになってるから……今夜はデートの約束だ

し」

一応そんなこと言ってグレープフルーツジュース飲み飲み迷ってみたりしたんだけど、

「えー、困るわ！　この間渋谷で待ち合わせた時、バッタリ会った男の人がいたの覚えてるゥ？　彼ね、綾子にひと目惚れなのよォ。どうしてもあなたに会いたいって、それで遊びに来たなんて言うんだもん」

なんて言われちゃったら、やっぱり断るわけにはいかないでしょ。そのうえミチルちゃんたら、半分泣きだしそうな声で、

「ダメなんて言わないでよォ。あたし、ポーカーやってひとり負けしちゃったの。だけど綾子が来てくれたら、全部チャラにしてもらえるのよ。ねェ、お願いだから、あたしのこと助けると思って遊びに来てよ。もちろん、夕方までにはちゃんと家まで送り届けるって言ってるから、ほんの二時間でいいのよ。約束するからさァ」

って言うんだもん。こういう時、親友ならば、

「うん、わかった。じゃあ待ってるから」

と答えてあげるのが美しい友情の絆《きずな》をつくるのよね。それで私もOKしちゃった。

ウフフ、でもね、まさかあんなことされるなんて思ってもみなかったのよ……。

それで、男の人から「駅前のロータリーで待っている」という連絡を受けた時は、何となくお見合い気分でソワソワ。心も弾んでたの。お気に入りの薄手のセーラーカラーのワンピースに、ブルーのポーチを持って、約束の場所にペタペタスニーカー鳴らして走って行ったんだよねェ。

確かにミチルちゃんの言ったとおり、渋谷で会った気もする浅黒く日焼けした背の高い男の人が、オフホワイトのサマースーツをビシッと決めて、メタリックブルーのアルファロメオのドアに腰かけ、たばこを咥《くわ》えて私が来るのを待っていたの。

バチッと視線が合う。ニカッと笑った顔がキュンと胸が熱くなるほど色っぽい。カッぺの正人なんかブッ飛んじゃうぐらい、私の気持ちはドキドキワナワナ震えちゃった。何だか音のない世界に迷い込んだみたい。電車の通り過ぎる音も、バスの走り去る音も、人のざわめきも、プツンとスイッチを切った感じ。夢を見ているような気がして、私ったらその場にポケーッと立ち尽くしてたの。

「僕のこと覚えてる？」

緑色の風景を貫いて車を飛ばして、流れる風の勢いにイヤリングを毟《むし》り取られないように気をつけながら、私はいつも鏡の前で練習してるとっておきの笑顔でニッコリ頷《うなず》いてみせちゃう。

「だけど、また会えるなんて思ってなかったから、何となく不思議な気持ち。夢みたい……」

なんてブリッ子して話しかければ、

「そうだなァ、僕だって、まさか本当に出て来てくれるとは思ってなかったからね。彼女のところへ行くより、このまま湘南道路でもつっ走りたいよ。まぁ、そんなことしたらミチルもサトシもかんかんになって怒りまくるから今日はやめとくけどさ」

うーん、そんなのつまんなーい！　と心の奥でブウたれながら、それでもキャイキャイ話が躍っちゃって、結局ミチルちゃんのマンションに着いたのは、それから一時間ぐらいドライブ楽しんだ後だったの。

車を降りる間際、ギュッと硬く抱きしめられて、舌をねじ込まれるような熱いキスまでされちゃって、もう私は足元フラフラ……。マンションのエレベーターの中で、彼の腕の中にすっぽり体を擦り寄せた時にゃ、身も心も完璧に浮かれて開いてヌッチャリ潤んでいたわけね。だから、彼女の部屋のドアを開けるなり、

「遅すぎるよォー！　何してたんだよ。俺、待ちくたびれちゃったよォー！」

の男の呻き声に、私は頭をガツンと一発殴られたみたいに、ハッと我に返ったの。ステレオのボリュームガンガンあげて、カルチャークラブか何かの曲に、腰をクネクネ回したりして、変態チックなその男はジロジロ私を舐《な》めるように見るんだもん。チキン肌ゾクゾクするほど気持ち悪くて、思わず私、彼の後ろに隠れちゃった。

「ミチルは？」

それなのに彼ったら、別に驚いた様子もなくシラッとした顔で部屋に上がり込むとテーブルの上の缶ビールをカパッと空けて、独り言みたいに呟《つぶや》いた。

「ちょっと出かけるからって、好きにしてくれって言ってたよ。あいつも案外、気が弱いよなァ。自分で言いだしたくせによォ」

と、しゃべり終わらないうちに、私をいきなり抱き上げて、変態男はまるで荷物でも扱うように、ドサッと絨毯《じゅうたん》の上に転がしたのォ！　いったい何がどうなってんのか、とにかく恐くてズリズリ這いつくばって、私はサマースーツの彼の足にしがみつく。

「ダメだよサトシ。綾ちゃんが恐がってるじゃないか。もっと優しくしてやんなきゃ、なァ」

ニヤッと笑って腰を下ろすと、彼は私の髪を撫でながら、顎の先を指で摘《つま》み上げてしゃぶりつくようなキスをした。そのままズボンのベルトをスルッと抜き取ると、私の目をじっと見詰めて囁くの。

「綾ちゃんは、今まで手とか縛られた経験はあるんだろう？」

突然変な質問されて、私は何も考えずに素直に頷いちゃう。そしたら、やんわり両手を背中に回されて、手首を重ねたあたりを、ギッチリ音がするほど皮のベルトで硬く縛られた。

「ねェ、あのォ……ちょっと痛いみたい」

私は何となくイヤーな予感に、甘えるような上目づかいで彼の顔をチラッと盗み見る。

サトシと呼ばれた変態男は、いやに楽しそうに私の目の前にしゃがみ込むと、クンクン臭いを嗅ぐフリをしながら、

「ふーん、痛いのが好きなのォ」

なんて不安を一層掻き立てるようなことを言う。プイッと無視するみたいに顔をそむけて、私は彼の腕に体を擦り寄せる。

「んッ、じゃあ少し前に体を倒すか」

　私は冗談っぽく縛ったベルトを外してもらえるんだと思って、言われるとおり彼に抱き寄せられるまま体を倒す。その時、ワンピースの裾をめくり上げて、顔を絨毯の中に埋め込む勢いで押さえつけ、スカートの中に手が入ってきたの。

「おまえ、こういうの、よくやってんだってなァ、へへへへッ」

　変態男は笑いながら、私のパンストに手をかけて、それごとパンティーをクルッと剝ぎ取ろうとした。私、もう涙出そうなほど焦っちゃって、太腿《ふともも》にパンティー絡ませながら、ペッタリ絨毯にうつ伏せた恰好で、足をバタバタ蹴り上げて彼に叫んじゃう。

「何でこの人がいるのォ。ミチルちゃんはどこへ行ったのォ、ねェ、お願いだから変なことしないでね。ああッん、ちょっとこの人私嫌い！　帰ってよ！　あなたとふたりだけになりたいの。ねェ、手をほどいてください」

　必死に頼んだのに彼は知らん顔。変態男はガバッと私の背中に跨《また》がると髪を掻き上げて耳を舐めるように唇を首筋に這わせて囁いた。

「こんなに待たせといて、そりゃあないだろ」

　そして両手で私の首を撫で回すと、ゆっくり指に力を入れたの。絞めあげられるほど、千切れるような痛みが脳天まで突き抜けて、顔中が痛痒《いたがゆ》くなるみたいにじわァーと肌が痺《しび》れだす。息が苦しくて、声が掠《かす》れて、私は男の指の下でドクンドクン膨《ふく》らむように首が波打ってるのを感じながら、

「ごめんなさい、ごめんなさい……」

と何度も何度も繰り返し囁いた。あーッ、グニャリと骨がトロけそう……スーッと力が抜けてゆくの。爪先がダラリと広がって、絨毯の毛をなぞるように揺れてるのがわかるわァ。意識が遠のくほど、すごく気持ちがよくなって、もう何をされてもかまわない。抵抗する気なんか掻き消えちゃった。

スルスル皮を剥ぐみたいにパンストが剥がされてゆく。ソックスをつけたまんま、ヒラリと椅子の背に掛けられた。私のアソコは溜め息をついてしまうほど、熱く切なく濡れそぼってるゥ……そんな丸めたパンティーで拭かれても、そのたびにキュンと感じちゃうから拭くだけムダよ。膣の奥からヒダヒダが、ギュッと縮んで波打つ感じに絞り上がるの。その縁をつたうようにしてキラキラヌラヌラ生き物みたいにジュースがたっぷり滴り落ちる。ああッ、指なんか入れちゃダメ……。そんなに強く広げられたら、私、我慢できなくなっちゃう。

「こいつ、スゲェや。もうグチャグチャだぜ」

　男の硬い腕が腰を抱き上げるみたいに、剝き出しのお尻をたぐり寄せる。裂け目の奥を覗《のぞ》き込むように両手で肉をワシ摑《づか》みにすると、グッと開いて濡れ過ぎたくぼみに、硬く反り返った亀頭を差し込む。

　ああーッ、ねェ、早くちょうだい……。抉《えぐ》るように深く突きたててほしいの。子宮の底に届きそうなほど、内臓が破れる勢いで貫かれたい。背中をザワザワと毛むくじゃらの虫が体を蠢《うごめ》かせて這いずりまわってる。ピクピク肉の下で何かが細かく痙攣《けいれん》してるわ。

　急に手首が楽になった、と思ったら服を脱がされ、髪を毟り摑まれ、唇を引き裂くように太いペニスが押し込まれたの。ムワァッとする生臭さに、私は思わず喉の奥からそれを押し戻す。吐き気がこみ上げて、涙が滲んじゃう。ボーッと目が霞んで何も見えないよォ。体に埋め込まれたペニスに引きずられて、私はグニャグニャ絨毯の上を這いまわる。気持ちがよすぎて、私もう死んじゃいそう……。アナルセックスしながら膣にバイブ押し込むなんて、あぁッ、気が狂っちゃうよォー！

　どのぐらい経ったのか、そうしてズブズブ入れ合い目合《まぐわ》い、どっちのペニスがどっちなのか、どこが口でどこが肛門なのか、私はパープーのただの穴ボコになった気がして、ベッドの上で眠っていたの。ぼんやり目を開けて体をくねらすと、背中にはりついていた誰かが、私の片足を抱きかかえて、またペニスを突き刺そうとしてる。夢の中なのか、現実なのか同じことが何回も重なって、私の体は波にのまれた泡のようにユラユラ漂っている。

「おまえ、俺と会うのは、これが初めてなんだぜ」

たばこの煙をゆっくり吐きながら、私を連れて来た男は髪に顔を埋めて囁いた。

「ミチルは借金のかわりに、おまえをよこしたんだよ。あたしの頼みなら何でも聞くって言ってたもんなァ。おまえもレズビアンなんだろ。だったら、相手を選んだ方がいいぜ。あいつはおまえを道具にしか思ってないよ」

フフフッ、そんなことどうでもいいんだもん。私はレズビアンのマゾヒストだから、私がこうされて喜んでいるって、ちゃんとミチルちゃんは知ってるんだもん。私が男と真面目に付き合おうとするたびにミチルちゃんは嫉妬するの。だから、もう正人君には会わないわ。この世の中の誰よりも、私はミチルちゃんを愛しているわァ……。

寝静まった部屋の中で、私はヘビのようにベッドからすべりおりると、脱ぎ散らかされた服を着たの。絨毯の上に転がった、ブルーのポーチを摑んで、そっと静かにドアのノブを回す。ペタペタスニーカーを鳴らして外に出たら、冷たい風にはたかれるように髪を掻き毟られちゃった。

真夜中の紙芝居

ピアノバーのカウンターに頬杖《ほおづえ》をついて、留美子は私たちを見ている。白くて細い指先から、メンソールのたばこの煙が彼女の顔を撫でるように立ちのぼっている。

薄茶色のサラサラの長い髪。同じ色の瞳をもった大きな目。刷毛《はけ》で引いたような薄い眉。きめの細やかな青白い肌。小さくツンと尖《とが》った鼻。ピンクのルージュに濡れた唇。

こうして眺めると、留美子の顔は猫に似ている。投げやりな目つきなのに、視線が合うとゾクッとくる。眠たそうなふりをして、まるで獲物が近づくのを待っているような、そんな顔をしているんだ。

「……暗くなることないよ。恋人なんかすぐできるって。留美子さんみたいな美人、男が放っておかないさ」

私と留美子の間に挟まって、和幸は嬉しそうに喋り続けている。彼女の失恋話を真に受けて、

「ふった男はバカだよなァ、留美子さんのどこが気に入らないってのかね。今頃後悔しているよ、きっと」

なんて言いながら、いつもよりハイピッチでウォッカをクイックイッ呷《あお》っているんだ。

「いいわね、あんたたち幸せそうで」

唇をすぼめてメンソールを一息吸うと、留美子は呪文でも唱えるように、舌の先で言葉を転がした。

「あんまり見せつけられると、意地悪したくなっちゃうわ」

そのとたん、和幸の体がビクッと揺れた。

「ねェ、弘子、今晩一晩だけでいいから、高村さんを貸してくれない？」

頬杖をグニャッと崩して、乳房の谷間をわざと見せつけて和幸に寄りかかる。

そのまま甘えるような目で、留美子は私の顔を覗《のぞ》き込んだ。

慌てて和幸は体を引き、横目で私を見ると彼女の弁護を始める。

「留美子さん、酔っ払ってんなァ。もう遅いし、帰らなくちゃね。俺たちはいいけど、彼女一人で帰るの危ないから、ふたりで送ってゆくか」

私は頷《うなず》いた。その拍子に、和幸のズボンの上をやわやわと這う白い指を見つけてしまった。左に寄っているペニスのあたりを、亀頭を探るように指は動いている。

私の視線に気がついたのか、和幸は留美子の手首を掴《つか》み上げると、子どもを諭すように言う。

「ほら、しっかりして」

さっきまで眠そうな目をしていたのに、射竦《いすく》めるような鋭い眼差しを私に向け、留美子は弾けたように笑いだした。

「弘子のことなら心配しなくたって大丈夫よ。高村さんが私を抱いたって、絶対に怒ったりしないから。ねッ、そうでしょ」

椅子に体が嵌《は》まり込んだみたいに、私はギョッと硬直してしまう。バッグを掴んでいた手がじっとり汗ばんで、何か言おうとすればするほど頭の中で言葉が縺《もつ》れだす。男の荒い息と、無理矢理ペニスをねじ込まれた股間の痛みと、薄笑いを浮かべる留美子の顔が、ドッと脳裏に蘇《よみがえ》って、私は思わずギュッと目をつぶった。

忘れてしまうつもりだったのに……。留美子はあの夜のことを、和幸に喋る気でいるんだろうか！　あの夜、留美子の部屋でレイプされたことを……。そう、あれはレイプだったんだ。

留美子の趣味は、半貴石のジュエリーを集めることだった。

海外に行くたびに、面白いデザインの安いジュエリーを買って来る。お金が必要な時には、その中から飽きたものをピックアップして知り合いに売る。

買った時の三倍ぐらいの値段で売るのに、それでも安いと評判で、結構いい収入になるらしかった。

「ねェ、弘子もやってみない。このスモーキー・クォーツ、少し分けてあげる。ううん、これは安いから、お金なんかいらない。ただ宣伝してくれればいいの。そうだわ、明日、私の部屋に来てよ。もっと見せてあげる」

私は誘われるまま、何も考えずに彼女のマンションに行った。

まさか彼女がいないなんて思ってもみなかった。

「ああ、話は聞いてるから。上がって待っていてくださいよ」

不倫をしているようなことを留美子から聞いていたのに……。ドアを開けたのは留美子じゃなくて、背の高い若い男だった。

何だかキツネにつままれたような気分でワンルームの部屋に上がり、勧められるままベッドに腰掛け、スパークリングワインを飲んだ。

男は学生っぽくて純情そうな顔をしていたし、私が来るのを知っていたみたいにワインとチーズをテーブルに並べたから、それで私は、てっきり留美子が留守を頼んだものと思い込んでしまったのだ。

いきなりベッドに押し倒されて、平手で顔を何度もはたかれて、パンティーを引き下ろされた時には、男のあまりの豹変ぶりに、恐くて抵抗なんかできなかった。

留美子が帰って来た時には、両足を抱えあげられて上半身がベッドから落ちたような恰好で抱かれ、自分の喘ぎ声にも気づかないほど朦朧《もうろう》としていた。

そんなところを見られたら、無理矢理犯されたなんて言っても信じてもらえるわけがない。

バタンッとドアが開く音に、うっすらと目を開ける。

と、壁に寄りかかって、留美子が真っ青な顔で立っていた。

「どっちが誘ったの？」

「違う、誤解しないで。私、こんなことするつもりじゃなかったのよ」

何を言っても嘘に聞こえたのだろう。留美子は薄笑いを浮かべて聞いていた。

「もういいわ。許してあげる」

バッグからシガレットケースを取り出し、一本咥《くわ》えると天井を仰いで煙を吐いた。

私は鉛のように重い体を引きずって、脱がされた服をつけ、部屋を出た。

彼女から電話がくるまで、私はそのことを忘れたつもりになっていた。日常生活を切り裂くように、時たま記憶のかけらが突き刺さったけど、それでも私は自分に知らない振りを通していたんだ。

「あんなヤツとは、もうスッパリ別れたわ。どうせ拾った男だからいいのよ。弘子に食われて、ちょうどよかったのかもね。不倫の寂しさを紛らわすオモチャだったんだから。あーあッ、もう男なんかいらないわ」

留美子の言葉で、私はもう一度嫌な夢を思い出し、そして今度は完全に記憶を葬ったはずだったのだ。

だから彼女が、

った。

「ねェ、今夜、パーッと遊びたいの。高村さん呼んで、三人で飲もうよ」

と言いだした時も、まさかあの夜のことを留美子が持ち出すなんて疑ってもみなかった。


留美子はトロけるような微笑みを浮かべて、もう一度私を見つめた。

「ねェ、お願い。今夜はひとりになりたくないの。朝まで私と一緒にいて」

そう言いながら、和幸の腕をギュッと胸に引き寄せる。

当惑した顔で私を振り返ると、

「とにかく彼女を送って行こう。このままにはしておけないだろう」

しなだれかかる留美子を両手に抱きとめ、和幸は席を立つ。そのまま縺れるように店を出れば、男の肩越しに目をニヤリと弓の形に歪《ゆが》ませて、留美子はヒラヒラ手を振ってみせる。まるで、

「アンタは、ひとりで帰んなさいよ」

と言っているみたいだった。

和幸は振り返らずに、タクシーでも拾うつもりか、留美子を抱いて大通りまでズン

ズン歩いて行く。

私は必死にその後を追った。

何かを囁いているのか、留美子は和幸の耳たぶを舐《な》めるようにして唇を動かしている。

「弘子ったらね、私の男と寝ちゃったのよ」

そう言っているのかもしれない。

「それも私に見せつけるように、私のいない間に私の部屋にきて、私が帰ってくるまで、私のベッドでふたりでパコパコやってたんだから」

そう言ってるように見える。

「ひどいでしょ。それでシラッとしちゃってさ、高村さんとのデートまで見せつけるんだから。私、涙が出てきちゃう」

そう言ってるみたいに、腕を和幸の首に回して、留美子はベッタリ体を擦りつけた。

「嘘よォ〜、信じないで。そうじゃないのッ」

そう叫んで、ふたりのところまで駆けて行こうとした時だった。和幸は留美子を抱きしめると、しゃぶりつくようなキスをしたんだ。

私はその場に茫然と立ち尽くした。そのキスは、もう何度も繰り返されているキスに違いなかった。

ふたりは私に背を向けて手を振る。私に背を向けて……。

空車のタクシーが、ふたりの前に滑り込んで止まった。当然のようにふたりは、振り返りもせずタクシーに乗り込んだ。

サメの歯はあぶない

「ねェ、お願い。彼も一緒に温泉旅行、連れていっていいでしょう」

　そう言うと由紀は、唐沢寿明そっくりの甘いルックスをした男の腕を摑《つか》んだ。男は恥ずかしそうに俯《うつむ》いたまま、由紀の小さな手を弄《もてあそ》んでいる。

　喫茶店から見下ろす新宿の街は、ショーウインドーいっぱいに冬物バーゲンの服やら小物やらが並んでいた。今日は旅行用のバッグを買って、ついでに映画でも見ようかってことになっていたのに。男を連れてくるなんて、ずいぶん話が違うじゃないか。

　思わず嫌味のひとつも言ってやりたくなる。

「別にいいのよ、私は。奈津子たちからだってスキーに誘われているんだし。ふたりで温泉に行ってくれれば」

　来週の連休は、由紀と私と、女ふたりだけで温泉に行くことになってたんだ。それが何で突然男同伴ってことになるのよ。この間まで「恋愛なんてバカバカしくて、やってらんないわよね」なんて言ってたくせに。

しかし、こっちの苛立ちなんかまるで気がつかないといった様子で、由紀は唇を尖《とが》らせて私を睨みつける。

「ふたりで行けるなら、とっくに久美ちゃんの予約の分、彼に回してるわよォ」

「彼に回すだなんて、そんなこと私が即ＯＫすると思ってたのォ!?」

腹が立つのを通り越して、呆れ顔で由紀を見返しちゃう。

それなのに彼女ったら、わざとらしくＣカップの胸に腕をすり寄せ、

「うちの親がうるさいの知ってるでしょう。久美ちゃんと一緒っていうことで、やっと許しが出たんだもん。宿から電話しろって言われているのよ。一緒に来てくれなきゃ、嘘がバレちゃう」

なんて泣き声をあげる。

どうやら由紀の頭の中は、親友をアリバイ工作に利用することでいっぱいらしい。

あーあッ、女の友情なんて、どっちかに男ができれば終わりっていうわけか。

う～ん、それにしても由紀のヤツ、どこでこの男に出会ったんだろう。肌はツヤツヤだし、睫毛《まつげ》は長いし瞳は澄んでるし、仕草も優しいというか、気の弱さが滲み出て

いて、思わず抱きしめたくなるタイプなんだよね。

それに、ほら、薄い小さなピンク色の唇ときたら、まるで女みたいじゃないの。首に掛けてる銀のペンダントだって、彼をとっても繊細に見せているし……。年下かしら。どんなふうに女を抱くんだろう。由紀とは何回ぐらい寝たのかしら。

私がジロジロ男を見詰めていたのが気にさわったらしい。突然由紀は、怒ったようにたばこの煙を私の顔に吹きかけた。それを見てびっくりしたのか、男は彼女の手を引っぱる。

「もういいよ。無理なこと言って、久美子さんに悪いよ」

その声を聞いて、私の心臓はますます激しく波打ちだした。体の奥からビリビリ痺《しび》れちゃうほど、柔らかくて甘くてトロけそうないい声だった。

ああんッ、こんなマブい男、由紀なんかにゃもったいないわ。

おもむろにバッグから手帳を取り出し、私は民宿の電話番号を書いたページを捜す。

「わかったわよ。ちょっと待ってて、部屋が空いているかどうか電話で聞いてくる。もしなかったら、三人一緒よ。いいわね」

キャーッとはしゃぐ由紀より、私の方がよっぽど興奮していた。

絶対に奪ってやる。この二泊三日の旅行の間に、私のものにしてみせる。公衆電話にテレホンカードを差し込む顔の端から、ジュルジュルとフェロモンが滴り落ちる。

†

ホテルの予約が取れなくて、安い民宿にしたのが正解だった。夕方宿に着いて、通された部屋は、布団を三枚敷くのがやっとという狭さだったんだ。これなら寝返りひとつで簡単に彼の布団に潜り込める。

ニヤニヤ笑いながら夕食を食べ終え、温泉に入ろうと由紀とふたりで浴衣に着替える。その最中、彼女はいきなり私の腕をギュッと掴むと言ったんだ。

「あたし温泉入るのやめる。悪いけど、二時間ぐらいどこかで時間つぶしてきてくれない」

二時間も、いったいどうやって時間をつぶせっていうんだ？　セックスするのに、そんなに時間が必要なのか、フンッ。追い出されることにムッとしながら、それでも洗面用具を持って私はしぶしぶ部屋を出た。

廊下で着替え終わるのを待っていたのか、私と視線が合うと、彼は恥ずかしそうに頭を掻いた。我慢できず、その袖を引いて柱の陰にまで連れて行き、そっと耳打ちしちゃう。

「終わったら、ひとりで浴場の方に下りてきて。自動販売機のところで、ずっと待ってるから」

絶句している彼の頬にキスして、ランランランとスキップしながら女湯に向かう。

風呂場では、カバみたいに太ったおばちゃんたちと、スルメみたいにシワシワの婆さんが、楽しそうにおしゃべりしていた。その人間ばなれした体型を見ているうちに、自分の裸の美しさが畏《おそ》れ多いものに思えてきちゃう。

露天風呂に入って満天の星空を仰ぎながら溜め息をつけば、てっちりの茹《ゆ》だった白子みたいに体が柔らかくトロけて……こっそり指を肉の裂け目に滑り込ませてみる。

湯上がりに自動販売機でビールを買い、肩揉《も》み椅子に座ってそれを飲む。おじさんたちの舐《な》めるような視線を浴びながら、私は知らんふりしてマニキュアを落とし、彼が来るのを待った。

どれぐらい経っただろう。薄暗い廊下の向こうから、早足でこっちにやってくる姿が見えた。パッと立ち上がって彼の手をとり、家族風呂の方に連れてゆく。

入浴中の札を下げてピシャリと引き戸を閉め、脱衣所の床にハラリと浴衣を落とす。全裸の私を見ると、黙ったまま彼も帯を解いた。

嬉しくて笑いだしそうなのをグッとこらえ、冷えた体を押しつける。銀でできたサメの歯のペンダントが、ピタピタと私の頬を叩いた。二人で縺《もつ》れるようにして風呂場に入り、体を弄《まさぐ》り合いながら湯に浸《つか》る。

由紀を抱いてきたばかりだろうに、ペニスはガッチリと勃起していた。カリが大きく張っていて、ピンク色の亀頭は風船みたいにパンパンに膨《ふく》らんでいる。ひとしきり愛撫し合い、火照った体を洗い合い、それから露天風呂の方へゆく。

湯船の縁に彼を座らせ、念入りにフェラチオを始めると、彼はこっちに股間を開いたまま、体を石畳の上に仰向けに伸ばした。

タマを舐め、ペニスをしごき、アナルを優しくマッサージすれば、とたんに溜め息のような微《かす》かな喘ぎ声が、波の音に混ざって鼓膜を撫で始める。筋肉の張りつめたきれいな彼の体に唇を這わせながら、私はゆっくりと膣に亀頭をめり込ませてゆく。

ああんッ、たまらなくいい気持ち。お尻の肉を握りしめて、彼ったら子宮口で亀頭をこする。そのたびにメロメロに感じちゃう。

膣の肉が捩《ねじ》れて絞れて、抱きかかえられて合体したまま、お湯の中に体を沈めれば、冷たい夜の空気に晒された肌からじっとり汗が滲み出す。

†

彼より先に脱衣所を出て、私はなに食わぬ顔で由紀のいる部屋に戻った。

「どこに行ってたのよ。女湯見てもいなかったじゃない」

苛ついた声でそう言うと、由紀は今にも泣きそうな目で私を睨んだ。枕元には、吸殻が山になっている灰皿と、ビールの空き缶が三本転がっている。

「うん、ちょっと探検してたの」

「探検って、ひとりで？」

そこへ彼が帰ってきた。由紀はパッと起き上がると、浴衣の胸元がはだけているのにも気づかず、その胸に抱きついた。とたんにグジャグジャと泣き崩れる。

赤ん坊を寝かしつけるように由紀を膝に抱いて、彼は辛抱強く宥《なだ》め続けた。その背中に指を這わせて、私は意地悪く彼の良心をつついてやる。

「君たちって、本当に仲がいいのかい」

ぐっすり眠った由紀を隅の布団に寝かせて、私の首筋に舌を這わせながら彼は囁いた。私は黙ったまま、彼の布団の中に脚を突っ込み、膝っこぞうでペニスをこすり上げる。

「女ってわかんないよな。こんなひどい裏切りができるんだもんな」

そう言うと彼はギュッと私を抱き寄せた。その拍子にペンダントのサメの歯が、チクリと私の胸を刺す。

「痛いわ、これ外してよ」

彼は一瞬ためらうような表情を見せた。もう一度由紀に目をやり、熟睡しているのを確認すると、ゆっくりペンダントを外す。それを床の間の隅に置いて、私の布団に潜り込む。

乱暴に私の浴衣を剝ぐと、乳房を摑んだ。舌が唇に差し込まれて、指が太腿《ふともも》を割り膣を擽《くすぐ》り始める。うつ伏せに体を返されたとたん、開いた股間にペニスが突き刺さった。

由紀を裏切っていると思うと、なぜかその分すっごく感じちゃう。フフッ、親友を道具みたいに利用しようとした彼女が悪いんだ。

重なったまま射精し終えると、触手を引っ込めるイソギンチャクみたいに彼はスルスル自分の布団に戻っていった。寝息が聞こえるまで待ってから、私はそっと床の間に手を伸ばす。

サメの歯のペンダント。これは私がもらっておく。彼の首から消えていることに由紀が気がついて、それを彼に問い質《ただ》したら面白いもん。彼が正直に話せば、今夜のことを秘密にする必要もなくなるわけだしさ、フフッ。

悪魔が笑った夜

働くのがイヤになったからって、食べさせてくれる男がいるわけじゃなし、宝くじ当てようたって、そんな紙切れ買うお金もない。

そのせいとは言わないけど、こうやって公園のシーソーに仰向けに寝そべって、真っ青な空に流れる雲を眺めてると、このまま死んでもいいやって気分になるのよね。桜が満開だった時も、ベンチに横になってピンク色の渦を見上げて、同じようなこと思ったっけ……。

あの時は確か、パン屋のバカな店長とやりあって、チンポコ蹴りあげたせいでバイト代をふいにしたんだ。おかげで一万六千円の家賃が払えなくて、二週間大家に怒鳴られ続け、私は体を売って金にすることを知ったのよ。

ピラピラの張りつくようなワンピース着て新宿の地下街を歩けばサラリーマンのオッサンが面白いように引っ掛かる。

「いいケツしてるな。一発やらせろ」

と、酔った勢いで声かけてくるのもいれば、

「あ、あのォ、ちょっとお茶飲みませんか」

って、耳打ちするようにしつこく追い回してくるのもいる。

こっちはお腹がペコペコで、本当はカツどんをガッと食べたいところなんだけど。

それをグッとこらえて、喫茶店でクリームソーダをチューチューしてみせるんだ。

そのうち焦《じ》れたオッサンは、お小遣いの話をし始める。私はニッコリ微笑んで、ピッと指を二本立てる。

「おいッ、二万円も取るのか！」

って驚くようなケチとは寝てやんない。

「二万円でいいの？」

そう答えるヤツとだけ、「これピースサインよ」と、とぼけてモーテルについてゆく。

十人ぐらいとやると、一カ月分のバイト代は軽く超えるお金になる。で、私は新しいバイトを見つけるまで、三カ月ぐらい何もしないでブラブラ過ごせる。

だけど、いつだってバイトは長く続かない。今回も……あーッ、思い出すのもムカつくぜ。

デザイナーのアシスタント募集ってあったから、働く気になったのに。雇い主は私の肩に手をかけて胸を触ろうとしたり、腰に腕を回して首に顔を擦り寄せたり、今にも押し倒すネチっこさで纏《まと》わりつくんだもん。思わず顎に一発、ガツンと食らわしてやったのさ。

溜め息つきながらシーソーをおりる。トロトロ足を引きずって公園を引き揚げれば、ジャングルジムの前で、何がおかしいのか、子どもの手を引いた女たちが突然笑いだす。人生を買い取られた女たち、あんたらのご主人様は、今夜も他のマンコを買いに行くんだぜ。笑ってる場合かってのよ。

四畳半のワンルームに帰って、読みかけの本をとる。と、誰かがドアをノックした。

「田中さん、届け物だよ。取りに来てよ」

大家の声だ。恐る恐るドアを開き、ムッとしたブルドッグみたいな顔に愛想笑いをふりまいて、彼女の後について階段を降りる。

銀座Mデパートの包装紙に包まれた大きな箱には、蓑塚誠と差出人の名前があった。怪しいものを見るような目つきで、大家は私と包みを見比べる。私はペコッと頭を下げて、箱を抱えてパタパタ自分の部屋に駆け戻った。

蓑塚誠……。行きずりの男が相手の商売だから、当然常連客なんかいないはずだった。だけどこの男は、私からその気楽さと不安を剝ぎ取ったんだ。

「どうして特定の男をつくらないの？」

私の中にペニスを突っ込んだまま、蓑塚は悲しいロバみたいな目で私を見下ろした。

キュッと膣を絞って腰をのの字にくねらせながら、私は男の首に腕をからめて答える。

「それほど男が好きじゃないの」

こういう面倒な話題は、気分をシラケさせるだけだ。私にはM気はないから、言葉で弄《もてあそ》ばれてもサービスする気にゃならない。

「じゃあ、君ともう一度会おうとしたら、どうすればいいんだ」

私を両腕に抱き上げて、蓑塚は座った恰好で亀頭を奥までねじ込んだ。

内側にヒダがめり込んで、クリトリスが男の恥骨でこすれる。思わず溜め息がこぼれるほど気持ちよくって、私は男の胸を押し倒して、騎乗位でしがみついたまま喘ぐ。狂ったように腰を振れば、蓑塚は私のお尻をワシ摑《づか》みにして乳首に顔をこすりつけた。

あの夜、あの男は二度も私の中に出したんだ。で、私はいつもの三倍の料金をふんだくってやった。それきり会わないつもりでいたのに、三日後、場所を換えて客を漁《あさ》ってた私の前に、蓑塚は待ってましたと現れた。

ちょっと怒ったような顔で、逃げる私の腕をつかんで、

「今夜はもう働かなくていい。僕が一晩君を買うから」

そう言って、西口の高層ビル街に私を引っぱって行ったんだ。

電車の中から見るだけで、一度も入ったことがなかった高級ホテル。その見たこともないきれいな建物の最上階。大きなベッドのある部屋に私を連れてゆくと、ルームサービスで注文した料理を目の前に並べ、蓑塚は私を抱きすくめた。

フカフカのソファでフルーツを頬張りながら見た夜景は、後背位でセックスしてるのも忘れるほど、うっとりするほどきれいだった。あの時、電話番号を教えてくれと

せがまれて、私は夢うつつで紙ナプキンに書いたんだっけ。

翌朝、この間受け取ったちょうど三倍、一晩に三人と寝ると嘘ついたとおりの金額を渡されて、私は夢から覚めた。

「楽しかったよ。近いうちに電話するから」

あの日から、私は新宿の地下街を歩き回るのをやめた。それから夏が終わるまで、蓑塚は週に一、二度、電話で私を呼び出した。

一緒に食事をし、モーテルでセックスして別れ間際にお金を渡される。専属の売春婦だった。もう他の客を探す面倒はない。気楽に電話を待っていればよかった。

だが、いずれ彼もこの遊びに飽きるだろう。新宿の地下街で客を漁る不安より、もう少し深刻な不安が私を脅かし始めていた。

「出張でソウルに一カ月ほど行くことになったんだ。しばらく会えない」

本当か嘘か、そんなことはどうでもいい。その言葉を聞いて、私はこれきり会わないつもりで蓑塚に抱かれた。

それから二カ月、やっぱり電話はこなかった。もちろん待ってたわけじゃない。それより、身を売る生活から抜け出せてホッとしてたぐらいだ。まッ、バイトはまだ見つかっていないけど、今月分の家賃は払ってあるし、新宿に繰り出すほど困っちゃいない。

そんな独り言を呟《つぶや》きながら、バリバリ包み紙を破く。箱の中には、ホテルOのスープの缶詰めがギッチリ並んでいた。

手鍋にマッシュルームスープの缶を開ける。湯気が立つまでイライラ待って、空きっ腹に温まったそれを流し込む。たぶん美味《おい》しいんだろうけど、今の胃袋は不感症だ。ただ満たされてゆく感覚だけが脳に伝わる。

鍋を流しに突っ込んだまま、フーッと天井を見上げて横になる。

なに考えてんだろう、あの男……。こんな気まぐれなことして、女が喜ぶと思ってんのか。

「バカッ」

そう呟いたとたんに電話が鳴った。涙が溢れそうなのを、危うく抑えて受話器を取る。

「久しぶり、元気にしてるかい」

蓑塚だった。

「すぐに帰れると思ったら、ちょっと面倒なことが起きてね。電話で君と話せば慰められると思ったんだけど、そういうの嫌だって、いつか言っただろう。用もないのに電話するなって。会わないなら、お断わりってね」

ホントにバカな男。

「今夜、会いたいんだけど空いてるかな」

体ならあれから二カ月丸々空いてる。私は嬉しくてはしゃぐ気分をグッとこらえ、ぶっきらぼうに「いいわよ」と答える。

寿司屋で信じられないほど美味しい握りを食べ、蓑塚の話を笑いながら聞いて、日本酒を体がトロンとするまで飲む。肩を抱かれて店を出た時には、質流れで買ったミンクのコートがいらないほど体は熱く火照っていた。

縺《もつ》れるように体をからませ、ホテル街をさ迷う。どこも満室で、空いてる部屋は見つからない。蓑塚も、手帳をたよりに片っ端からシティホテルに電話をしていたが、大安吉日のせいか部屋はとれなかった。

息が詰まるほど私を抱きしめて、男は呟く。

「ああ、したい。おまえの中に入れたい」

私は冷えた頬に唇を押し当て、フニャッと笑って答える。

「して、中に入れて。メチャメチャにしてよ」

タクシーに飛び乗って、キスをしてる間に私のアパートの前を行き過ぎる。慌てて止めて、抱き合ったまま車を降りる。

足音を忍ばせて階段をのぼり、部屋に転がりこんだとたん、お互いの性器がビリビリ触れ合った。濡れて柔らかくほぐれた膣に、硬く勃起した亀頭を飲み込んで、服を脱ぎ散らかしながらセックスする。したい男とセックスするって、こんな気持ちいいことない。

細いベッドに裸を重ね、余韻を楽しむようにキスをしてたら、

「あッ、渡さなきゃいけない物があったっけ」

思い出したように蓑塚は起き上がった。背広の内ポケットから封筒を取り出す。甘い気分が一瞬にして凍りつく。お金なんかいらない。今夜の私は売り物じゃないんだ。

封筒を投げ返そうとしたら、中からコロッと指輪が落ちた。茫然とそれを拾いあげる。緑色の不思議な石がキラキラ光ってる。

「トルマリンキャッツアイっていうんだ。似合うと思ってね。どう、気に入った」

私は男の胸にしがみついた。夢の中の悪魔が、部屋の隅に蹲《うずくま》って笑っている気がした。

解説

俵万智

　文庫の解説を書くとき私は、「レジまでへの、ひと押し」ということを心がけている。たぶん本屋さんでこの一冊を手にとり「どうしようかなあ」と迷っているアナタに、「この本は、オススメです。間違いなく、おもしろい」とささやきかけ、背中を押してレジへ向かわせる……というのが目標だ。それは、一人の読者としての私の、せいいっぱいの応援であり、自信を持ってそう言えるだけの本でなかったら、解説なんて引き受けられない。

　つまり本書は、私にとっての、そういう愛しい一冊であり、ぜひアナタに読んで、感じていただきたい一冊だ。が、ここに困ったことが一つある。それは、私の能書きなんかより、たとえば本書の一ページ目をチラリと読むほうが、よっぽどアナタのレジへ向かう確率が高い、ということ。悔しいので、ちょっと書きうつしてみる。

ブラインドから朝日が差し込む。二十畳のワンルームは、砂地の海底みたいにゆらゆらふたりの影を抱き込んでいる。

「俺たち、三百回やったら別れようぜ」

初めてセックスした夜、繋《つな》がったままの恰好で雅彦は囁いた。ドキッとした拍子に膣が引き攣《つ》って、搾《しぼ》りたての熱い粘液が割れ目をつたってこぼれたっけ……。

私はあの時、「別れる」という薄情な言葉と、「三百回やる」という途方もない擦れ合いの図に、クラクラしながら頷《うなず》いたんだ。

簡潔で、しかも豊かな描写だ。斎藤綾子の文章には、うむを言わさず読者の心を裸にし、ベッドに引き入れるような腕力がある。ねっ、アナタもこの冒頭の一節だけで、もういっぺんに引き込まれたでしょう？

「三百回やったら別れる」とは、泣かせるセリフだ。それは「あと二百九十九回、おまえとやりたい」という熱い宣言でもあるし、「期限つきでつきあおう」という冷めた宣告でもある。

この、最初のセリフに象徴されるように、男は限りなく優しく、またおそろしく残酷だ。そして、男の最後のセリフは、こうである。

「俺は別れるなんて言ってないぜ。結婚するんだ、それだけさ」

これもまた、女をナメきっているようで、一抹の優しさを漂わせる言葉だ。肉体の関係に終始していた二人に、精神のきずなが芽生えた——なんてことでは、ないだろう。肉体の関係に、男が未練を残していること、カッコつけてるけど断ち切れずにいること、それが主人公の「私」を嬉しくさせる。

三百回、という即物的な数字を目にしたとき、すごくグルメな友人と、すごくおしゃれな友人の、似たような言い回しの言葉を、私は思い出した。

グルメの友人いわく「生きているうちに、食事できる回数って限りがあるわけよね。だったら私は、その一回たりともおろそかにはしたくない。まずいもので空腹を満たすぐらいなら、その空腹を次の食事まで、とっておくわ」

おしゃれな友人は、かつて私が勤めていた高校の同僚だ。教壇に立てば、チョークの粉で洋服は汚れる。だから理科の先生でもないのに白衣を着ている人もいた。そんななか、彼女はイブ・サンローランとかナントカカントカとか、ものすごく高いスーツを着て、平気で教室に向かうのだ。

「だって、一生のうちに着られる洋服の数は、限られているわけでしょ。私は常に、気に入った洋服に身を包まれていたいの。そうじゃないと、落ちつかない」

私自身は、かなり食いしん坊なので、前者の言い分にはある程度納得するが、後者の言葉には、カルチャーショックとも言うべき驚きを覚えた。こういうたとえ話で、何について納得するかは、かなり個人差が大きい。

そしてつまり何が言いたいかというと、斎藤綾子の小説の主人公たちは、セックスについて、このような貪欲さを抱いている人たちなのだ、ということ。だからその描写は、食の評論家が執拗《しつよう》に料理について書くような、律儀さと好奇心と喜びとに満ちている。ここが、そんじょそこらのポルノ小説とは、一線を画しているところだろう。

行為の描写をするとき、斎藤綾子は、とても律儀な言葉づかいをする。妙に思わせぶりだったり、間接的だったりするのではなく、正々堂々、白昼堂々といった感じで、細部まできっちり書き込んでいく。単語一つをとっても、花びらとか欲棒とか（書いていて、ちょっと赤面）そういうのでなく、膣でありペニスである。

「セックスするシーンを文章にしてゆくのは、直接クリトリスを触るよりずっと刺激的だから。言葉を操《あやつ》るのが難しい分、自分を焦《じ》らして楽しめるし、どんな男と、何をやっても、誰にも怒られないしね。

だって、小説の中なら、親友の恋人に手を出しても、絶交を言い渡される心配はないでしょう。今までは、現実にそれをやらかして、人間関係をメチャクチャにしてきちゃいましたから」

エッセイ集『良いセックス　悪いセックス』の中で、作者はこんなふうに語っている。セックスのグルメたる彼女が、自分自身を満足させながら文章を紡《つむ》ぐという、その工房の秘密をかいま見させる一節だ。だからこそ斎藤綾子の小説は、こんなに素敵にエッチなのだろう。

本書は短編集だが、ふつう長編小説一冊に一か所あればありがたいというような、生々しいセックスの描写が、すべての作品にあふれている。そして、このあといくらでも物語が続きそうな、まだまだもつれたり交わったりがありそうな、そんなところでスパッと終わるところも、実にぜいたくだ。

別の男に抱かれているとき、恋人がチャイムを鳴らしながら、ドアをバンバン蹴り飛ばしていたり、不倫相手の妻が、自分と同じピアスをしていることに気づいたり。一瞬後は修羅場……というところで幕は閉じ、読者は突き放される。もちろん、それは作者の不親切ではなく、突き放された私たちは、すでにその修羅場を思い描けるまでに、作者に導かれていることに気づく。これもまた、短編小説を読む醍醐味の一つだろう。いっぽう、「悪魔が笑った夜」のような、グッとくるラストシーンが、ふいに用意されていることもある。

セックスの描写が、あまりに刺激的なので、そこばかりが注目されてしまうけれど、そしてそれが大きな魅力であることは確かだけれど、それだけではない、ということも言い添えたい。読者を、ある地点まで正確に導く緻密さと心地よい流れとを、私は斎藤綾子の文章に強く感じる。

――歌人

この作品は一九九八年二月小社より刊行されたものです。